DIE WANDERNDEN
ZWISCHEN DEN WELTEN

DAS BUCH

Dies sind die Erzählungen von vier menschlichen Schicksalswegen. Tragisch, aber auch hoffnungsvoll verlaufend. Vielleicht gibt es doch einen zeitlich fortlaufenden Zusammenhang zwischen ihnen. Wer weiß es schon?

DER AUTOR

 Geboren 1944 im damaligen Ostpreußen, besuchte Manfred Chaluppa die Volksschule und wurde von Beruf Maschinenschlosser. Nach einer Berufsqualifizierung erhielt er die Möglichkeit, an einer Fachhochschule und Universität zu studieren. Die meiste Zeit seiner Berufsjahre war er als Sozialpädagoge mit der Betreuung neuro-psychisch Erkrankter beschäftigt.

Er ist ein begnadeter, guter Zuhörer und macht sich stets Notizen über Gespräche. Nun fühlt er, dass seine Lebenserwartung immer kürzer wird. Auch das abnehmende Suchen hat ihm die innere Ruhe verschafft, all diese Mitteilungen in seinen Erzählungen darzulegen. Die Mitteilenden wurden dazu von ihrer Zahl her immer weniger.

Manfred Chaluppa

DIE WANDERNDEN
ZWISCHEN DEN WELTEN

Vier Schicksalserzählungen

2021

Bibliografische Information der Deutschen Nationalbibliothek:
Die Deutsche Nationalbibliothek verzeichnet diese Publikation in
der Deutschen Nationalbibliografie; detaillierte bibliografische
Daten sind im Internet über http://dnb.dnb.de abrufbar.

Titelbild: www.pixabay.com
Umschlaggestaltung: Ursula Gassler
Korrektorat und Satz: text*REIN*, Königsbach-Stein, www.textrein.de

Herstellung und Verlag:
BoD – Books on Demand, Norderstedt

ISBN 978-3-7534-0419-6

Sei gegrüßt, du Wanderer zwischen den Zeiten.
Das Meer hat dich gesehen und der Himmel,
auch die Erde und das Nichts.
Hast du sie auch gesehen?
Oder konntest du nicht den Kopf wenden und
heben?
Die Möwen sind nun flussaufwärts gezogen
und werden nie mehr wiederkehren,
in den Morgen, mit der Kraft des Aufstehens.

Manfred Chaluppa

Inhalt

Die erste Erzählung handelt von den Lebenswegen zweier Menschen, Soljanka und Mani. Sie trafen einander. War es nun Zufall? Waren beide füreinander bestimmt? Oder auch nur ein Traum? Wer wird es jemals erfahren?

In Gleichheit vereint

»Ob's donnert oder kracht, ob die Sonne uns lacht, die Panzer so sicher zum Erringen der Macht …«

Ein Millionenheer, gut ausgerüstet und bewaffnet, schwenkte siegesgewiss ab, gen Süden. Vergessen war die Schmach der bitteren Niederlagen im vorherigen Jahr vor Moskau. Man marschierte wieder siegesgewiss voran. Sie kamen schon näher heran an diese Stadt, die auch den Namen eines Führers der dort stattgefunden Revolution trug.

Zur selben Zeit hatte einer dieser kämpfenden Soldaten seinen Fronturlaub, in der Sommerzeit, mit seiner jungen blonden Frau und ihren drei noch kleinen Kindern in seiner deutschen Heimat verbracht. Es war wunderbar! Man genoss die warmen Sonnentage. Die Kinder liebten es, draußen im Sand zu spielen oder auch im Wasser zu planschen. Mutter und Vater kamen sich auch, in ihrer Sehnsucht verbunden zu sein, immer wieder näher und fühlten ihre warmen, weichen Körper und Lippen.

Das alles ging nun dem Ende entgegen. Der deutsche Soldat verabschiedete sich mit den zuversichtlich klingenden Worten: »Na, dann wollen wir das mal auch erledigen!« Dann fuhr er mit einem Truppenzug in die weite russische Steppe.

Mit seiner Division kamen sie gut voran. Es wurden feindliche Stellungen niedergemacht. Häuser in Brand geschossen. Geraubt und Menschen umgebracht. Er war so sehr von dem Sieg seines Landes und seines über alles verehrten Führers überzeugt!

Sie umzingelten mit ihrem Riesenheer die große Stadt an diesem breiten, grau und träge dahinfließenden Fluss. Es war die Wolga.

Dann flog eine Flugzeugarmada über diese hinweg, und sie sahen, dass die Stadt mit all ihren Gebäuden, Straßen, Autos und Bahnen, ihrem Grünland, alles Lebendem durch explodierende Bomben in Schutt und Asche versank.

Sie, er und seine Kameraden, wie sie sich untereinander nannten, konnten nun schnell in die Vororte der Stadt vordringen.

Es wurde Abend. Sie brachen in die armselig aussehenden Häuser ein, um sich ein Nachtquartier zu beschaffen. Die dort noch lebenden Bewohner wurden dann einfach aus ihren Wohnstätten mit den Drohungen, erschossen zu werden, sollten sie nicht schnellstens verschwinden, vertrieben. In panischer Angst verließen die meisten, in großer Furcht vor diesen Soldaten, ihre Wohnstätten.

Er, dieser Soldat, und seine Mitkämpfer rammten auch mit ihren Gewehrkolben und Bajonetten die Türe eines Hauses ein. Und sie fanden darin eine Familie, eine Mutter mit fünf oder sechs Kindern, den Großeltern. Sie saßen alle beisammen, wie zu Stein erstarrt, blickten zu den einbrechenden Soldaten.

Es war ein erbärmlicher Anblick! Die meisten der kleineren Kinder trugen nur ein Leibchen an ihren zarten Körpern. Ihre Beinchen und Arme waren vor Hunger dürr wie die Körperglieder einer Spinne geworden. Ihre ungewaschenen Häupter wirkten grau und fahl mit ihren, die Soldaten anschauenden großen traurigen Augen. Ein größeres, schon zu einer Frau heranwachsendes Mädchen, befand sich auch unter ihnen. Es hielt eines der kleinen Kinder an der Hand. Sie schaute immer wieder angstvoll nach diesen fremden Soldaten.

Der Soldat sah dies alles. Ja, und dann, ganz überraschend, hatte er das Gefühl, dass er wieder bei seiner Familie, seiner Frau, seinen Kindern sei. Er sah sie ausgezehrt vor sich. Fühlte auf einmal ihren Hunger, ihr Elend mit. Er drehte sich nach seinen anderen Kameraden um, die dazu übergehen wollten, diese Bewohner aus ihren Behausungen zu vertreiben. In dem Moment, als sie von irgendetwas abgelenkt wurden, stellte er seinen Armeetornister auf einen Tisch. Packte seine Ration Nahrung, Brot, Butter, Speck aus und forderte die

Mutter der Kinder auf, davon zu essen. Sie hielten zuerst inne, und dann wagten sie sich an die Lebensmittel heran. Ihre Mutter gab jedem von ihnen eine halbe Brotscheibe, bestrich diese mit Butter und schnitt den Speck in Scheiben. Alle fingen zu essen an. Es herrschte eine seltsame, stille Atmosphäre in dem Raum.

Und ganz zufällig trafen sich die Blicke dieses Soldaten mit denen dieser jugendhaft Heranwachsenden. Er verspürte auf einmal eine Sehnsucht, den Wunsch, gepaart mit einem aufkommenden Heimweh: »Ach könnte ich sie doch noch einmal, einmal in meinem Leben wiedersehen.«

Dann kam sein Gruppenführer in den Raum. Dieser herrschte ihn im Befehlston sofort an, dass dieses, was er dort getan habe, in der Wehrmacht strengstens verboten sei. Das deutsche Volk brauche weiteren Lebensraum und dürfe auf andere deswegen keine Rücksicht nehmen, so belehrte er ihn. Die junge Russin stand auch dabei. Vernahm dies alles, schlug ihre Augen auf und schaute diesen guten Menschen sanft an. Ihr Blick wirkte wie weich, so empfand es dieser Soldat jedenfalls in einem kurzen Moment.

Die Familie wurde aus dem Raum gedrängt. Der Soldatentrupp verbrachte eine ruhige, warme Nacht in diesem bescheiden eingerichteten Holzhaus. Dann zogen die Soldaten weiter. Steckten noch einige der Ortshäuser in Brand.

Der mitfühlende Soldat erhielt nach einigen Tagen eine Aufforderung, sich doch bei der Armeeführung zu melden. Das sei ein Befehl! Er folgte diesem.

In der Kommandantur wurde er von einer Gruppe von Offizieren verhört. Man warf ihm vor, dass er sich der Verbrüderung mit dem Feind schuldig gemacht habe. Das sei Fraternisieren und in allen Armeen der Welt strengstens verboten. Dann vernahm er noch den Befehl: »Abführen!«

Er war sehr verblüfft darüber und schwieg dazu. Das Militärtribunal richtete über ihn, verurteilte ihn zum Tode. Man ließ ihn nach einigen Tagen hinrichten. Er erhielt kein Soldatengrab. Man verscharrte ihn in einem Erdloch, in dieser weiten Steppenlandschaft. So fand er, trotz seiner jungen Jahre, auf ewig seine Ruhestätte in einem fernen Land. Seine Frau erhielt nach einigen Wochen die Mitteilung, dass ihr Ehemann auf dem Felde der Ehre für sein Vaterland gefallen sei.

Dieses heranwachsende russische Mädchen musste nun all die Härte des Kriegers weiter leidensvoll miterleben. Ihr Haus fiel den Flammen zum Opfer. Die Familie grub sich einen Erdbunker, in dem sie dann hausten. Die Großeltern und mehrere ihrer jüngeren Geschwister starben an Entkräftung.

Sie hörte das Geschützfeuer, die Gewehrsalven, die Schreie der vielen Verwundeten und sah in den Trümmern unzählige gefallene Soldaten und andere Bewohner. Dann meldete sie sich bei einer Sanitätseinheit zum Einsatz. Half mit, verwundete Soldaten zu den Verbandsplätzen auf dem gegenüberliegenden linken Flussufer zu schleppen.

Von einer Anhöhe aus sah sie, mit anderen im Einsatz, eine heranrückende feindliche Soldatenkolonne. Ausgerüstet mit Maschinengewehren, Artilleriegeschützen und Panzern. Sie hatten eine Flakabteilung, besetzt mit Frauen als Geschützbedienungen, eingekesselt. Nun schossen sie mit ihren Kanonen, ihren Waffen in deren Stellungen. Die Soldatinnen versuchten in aufschreiendem Untergang, die Rohre der Flaks in waagerechte Stellung zu bringen.

Doch es gelang nicht. Sie wurden alle von ihren Gegnern niedergemacht.

Sie wollte sich abwenden, um des furchtbaren Sterbens dieser vielen Frauen nicht mehr ansichtig zu sein. Irgendwohin, weg von diesem Geschehen, in die Landschaft schauen. Doch ihre Augen, voller Tränen, nahmen ihr die Sicht. Sie vernahm, aus der Ferne kommend, Motorengeräusche von Flugzeugen, Maschinengewehrsalven, Befehle, Schreie, das Detonieren von Granaten und Bomben. Dann überkam sie innerlich eine Leere.

In der darauffolgenden Nacht hatte es geschneit. Als der Morgen aufkam, war das Umland mit einer weißen Decke überzogen, anzuschauen wie ein riesengroßes Bettlaken, unter dem alles Umliegende begraben lag. Der Winter hatte Einzug gehalten.

Ihr Unterleib wölbte sich dabei immer mehr, und sie selbst litt stark unter einem ziehenden, immer vorhandenen Hungergefühl.

Mit einem nicht zu beschreibenden Blutzoll an Menschenleben wurden die feindlichen Truppen dann doch geschlagen, getötet, gefangengenommen und vertrieben. Sie zogen tausendfach, die meisten ohne Rückkehr, in die Gefangenschaft. Die Ruinen dieser Stadt waren befreit. Die wenigen Überlebenden trauten sich wieder ins Freie, in diese hinterlassene Trümmerlandschaft. Nun hieß es für sie nicht sterben, sondern leben wollen. Es gab nichts mehr. Keine Nahrung, keine Wärme, keine Kleidung. Nichts, gar nichts, nur Kälte und Hunger. Die Menschen fingen häufig kleine Nagetiere, um überleben zu können.

Die siegreiche Rote Armee, wie sie bezeichnet wurde, drängte ihre Feinde immer weiter zurück. Sie erreichten ein dreiviertel Jahr später ihre Landesgrenze und marschierten in das Land ihrer Gegner ein.

Auch dieses, zur Frau herangewachsene Mädchen überlebte. Und wie ein Wunder, gebar sie in dem Sommermonat des Jahres eine Tochter in einem städtischen Krankenhaus. Sie gab ihm den Namen Soljanka. Ihr Leib war aber von dem erduldeten Leiden so geschwächt, dass sie ihrem Neugeborenen nicht ihre warme, lebenspendende Muttermilch weitergeben konnte. Doch sie hatte das Glück, dass eine sie pflegende Krankenschwester ihr einen Vorrat an aufbauend wirkendem Milchpulver abgab. Ihr kleines, neugeborenes Lebewesen dankte ihr dafür, indem es am Leben blieb.

Es wuchs heran. Ging, als es älter wurde, begeistert zur Jungschar, dann zum Lernen in eine wieder errichtete Schule.

Dort hörte sie zum ersten Mal von dem verheißungsvollen Aufbau einer neuen Gesellschaft ohne Ausbeutung, mit gerechter Aufteilung der erarbeiteten, notwendigen Lebensgüter. Sie begeisterte sich immer mehr für diese gute Sache. Der Verwirklichung einer sozialistischen Gesellschaft. Meldete sich auch, als sie zu einer anmutenden jungen Frau heranwuchs, zu dieser Ehrenmannschaft. Sie hatte nun die Aufgabe, vor der hergerichteten Gedenkstätte der ruhmreichen, für das

Vaterland gefallenen tausenden Soldaten in schön anzusehender Uniform Wache zu stehen. Ihre Mutter befestigte an ihren gebundenen Haarzöpfen zwei weiße Papierblüten. Vor der Stelle, wo zum Gedenken der Gefallenen des Großen Vaterländischen Krieges für ewig eine Flamme entzündet war, hielt sie nun in stolzer Haltung mit einem Gewehr in ihren Händen Wache. Ihr Blick war hocherhoben in die weite Ferne gerichtet. Es erfüllte sie mit Stolz, und sie fühlte, dass sie, wenn es sein musste, für ihr Vaterland auch ihr Leben hergeben würde.

Sie wunderte sich nur eines Tages, dass ihre Stadt einen neuen Namen erhielt. Stalin, diesen großen Führer, der sein Volk in diesem Krieg zum Sieg geführt hatte, sollte man vergessen. Sie fragte ihren gleichaltrigen Schulfreund, mit dem sie schon Zärtlichkeiten ausgetauscht hatte, nach dem Grund der Umbenennung der Stadt.

»Er, Väterchen Stalin, hat im eigenen Lande viel Unheil angerichtet«, klärte er sie auf.

Ihre Mutter, die tagsüber in einem Traktorenwerk am Fließband arbeitete, blieb weiterhin eine Anhängerin ihres großen revolutionären Führers. Sie bat aber auch, an den Sonntagen eine Kerze anzündend, in der heiligen Messe ihren allerhabenen Gott, dass ihrer Familie kein Leid geschehen solle. Sie trug vielleicht doch noch Zweifel in ihren Gefühlen, dass nicht Stalin, sondern dieser ewige Nichtfassbare ihr richtiger Gott sein müsse. Doch das Leben zeigte sich für sie von der harten Seite. Immer wieder kam es vor, dass die Versorgung an lebensnotwendigen Mitteln nicht genügte. Der Kampf, um weiter existieren zu können, war häufig sehr hart. Es fehlte noch an sehr vielem, was zum Leben benötigt wurde.

Soljanka wurde immer neugieriger, wer nun ihr Vater sei. Ja, und warum dieser auch nicht nach Hause komme? Sie mochte unbedingt einen Papa haben. Den brauche sie für ihr Leben! Zum Schmusen, zum Reden und um von ihm auch zu hören, was nun wichtig sei im Leben. Ihre Mutter musste ihr, nach langem Zögern erzählen, dass ihr Vater nie, niemals wiederkommen werde. Dass der große Krieg ihn verschlungen habe.

Nun ahnte sie, diese Heranwachsende, dass es etwas, welches für immer vergangen war, geben musste, welches niemals mehr wieder gegenwärtig sein konnte. Und ihr fiel dabei ein, dass es aber auch für sie etwas geben könne, was morgen sein konnte. So entwickelte sich in ihr der Wunsch, eine gute Schülerin zu sein. Gute Schulnoten zu erhalten, um dann auch später in einem zu erlernenden Beruf die Zukunft in ihrem sozialistischen Land mit aufbauen zu können. Sie wurde schon in jungen Jahren Mitglied dieser Partei, die den Sozialismus und sogar eine kommunistische Gesellschaft, wie es hieß, gestalten wolle. Folglich studierte sie dann noch an einer Hochschule Politische Ökonomie, um Lehrerin zu werden.

Doch nochmals eine Zeitspanne in die Vergangenheit zurückgehend. In Manis Land, welches Soljanka nicht ihr Leben gönnen wollte:

Es war im frühen Sommer des letzten Kriegsjahres gewesen. Manis Mutter half als Magd, genannt Hofgängerin, auf dem großen Gutsherrnhof, die geschnittenen Getreideähren zu binden, als ihre Wehen einsetzten. Andere Frauen legten sie auf einen kleinen, in der Nähe stehenden Leiterwagen und fuhren sie, so behutsam wie möglich, in das nahe Dorf. Betteten sie in ihrer Wohnstätte auf ein Lager. Erfahren und geschickt, weil sie schon mehreren Kindern das Leben geschenkt hatte, steuerte sie durch regelmäßiges Pressen ihre stürmisch, aber auch schmerzhaft anfühlenden Geburtswehen. Die herbeigerufene Hebamme unterstützte sie. Griff dabei ihre Oberschenkel. Drückte sie zum Öffnen des Muttermundes zur Seite. Redete beruhigend auf sie ein. Nach einer gewissen Weile war es da. Dieses kleine, neugeborene Wesen.

Es war ein Junge, und er wurde Mani genannt.

Seine anderen Geschwister, alle in einem Nebenraum untergebracht, spähten immer wieder durch das Schlüsselloch der Tür. Vernahmen mit einem Mal ein kräftiges Miauen ihres neu angekommenen Brüderchens. Seine ihm sein Leben erschenkte Mutter war eine kräftige Frau mit breiten Hüften und großen Brüsten. Sie hatte genügenden Vorrat für ihn von dem lebensaufbauenden, warmen Saft. Er gedieh in diesem Sommer prächtig.

Nur seltsam!

An manchen Tagen vernahmen die Menschen, noch in der Ferne liegend, so an der Grenze ihres Landes Deutschland, ein merkwürdiges dumpfes Grollen und Donnern. War es womöglich nur ein fernes, herannahendes Gewitter?

Der Sommer ging zu Ende. Es kam der Herbst. Erst die umgebende Natur buntfärbend, dann dunkelerscheinender mit Regenschauern, welche die kälter und kürzer werdenden Tage anzeigten. Die Nächte brachten den ersten Frost mit sich.

Ja, und dann für die dort wohnenden Menschen, als sie frühmorgens aus ihren Fenstern auf die Straßen schauten: Da sahen sie, Reih an Reih hintereinander Pferdegespanne, die vollbepackte Deichselwagen hinter sich her zogen. Auf ihnen saß eine Anzahl von Menschen, welche in wärmende Winterkleider verpackt waren.

Seine Geschwister liefen hinaus auf die Straße, fragten diese Menschen: »Wer seid ihr? Wo kommt ihr her? Wo wollt ihr hin?«

Einige antworteten, meist mit grimmiger Miene, dass sie auf der Flucht vor den russischen Soldaten, den Ivans, wie sie diese auch bezeichneten, seien.

»Ja, und wo wollt ihr hin?«

Sie wussten es nicht genau. Immer westwärts, riefen einige, um gleichzeitig nach etwas Essbarem, nach Brot und Milch zu fragen.

Was war geschehen?

Die ersten Panzer- und Geschützverbände mit ihren Infanteriegruppen hatten die deutschen Verteidigungslinien durchbrochen und überrollten nun die fremden Landesgrenzen. Meist verhielten sie sich noch abwartend, damit ihre immer mächtiger anschwellenden nachrückenden Divisionen mit ihnen in Kontakt bleiben konnten. Zum Winter hin verbanden sie sich zu mehreren großen Armeeverbänden. Mit ihren Soldaten, Geschützen, Panzern und Flugzeugen drangen sie dann immer tiefer in die östlichen Provinzen des Deutschen Reiches ein. Ihr Sieg über die Deutschen, diese Faschisten, wie sie diese auch nannten, die ja zu ihrer Vernichtung ihr Land überfallen, gemordet und zerstört hatten, war ihnen nicht mehr zu nehmen. Der Winter setzte dazu früh ein. Mit Schnee, Eis und bitterkalten Nächten. Flüchtlingstrecks gen Westen sah man nun immer häufiger auf den Straßen, vermischt mit hastig zurückflutenden Soldatenkolonnen. Dann kam auch der Tagesbefehl des Gauleiters der Provinz, dass man sich zur Flucht vor den Russen vorbereiten, bereitmachen solle.

Er war nun ein halbes Jahr auf der Erde, und in dieser Zeit prächtig gediehen. Seine Mutter, ohne seinen Vater, der als Soldat noch im Krieg war, seine Großmutter, ein junger, aus Polen stammender Zwangsarbeiter und seine beiden schon älteren Schwestern wurden dick vermummt auf den mit Decken, Betten, Hausrat und Nahrungsmitteln beladenen Pferdewagen gesetzt. Dann ging es in dem anbrechenden Tag mit dem Pferdegespann auf die Flucht vor der Roten Armee. Der Polenjunge war ein geschickter Kutscher, der es auch gut verstand, das eingespannte Pferd zu führen. Viele der Flüchtenden besaßen aber kein Pferdefuhrwerk. Sie kamen mit ihren Angehörigen zu Fuß. Schoben meist einen vollbepackten Kinder- oder Leiterwagen vor oder zogen diesen hinter sich her. Die Kinder, welche schon laufen konnten, gingen ahnungslos neben ihren Müttern her. Die ganz Kleinen lagen entweder dick eingewickelt auf den Wagen oder andere Familienangehörige trugen sie umwickelt an ihren Körpern.

So ging es tagelang weiter. Die Hauptdurchgangsstraßen waren meist für die zurückweichenden Wehrmachtsverbände belegt. Sie, die Flüchtenden, mussten dann auf Nebenstraßen und -wege ausweichen. Zur Nacht wurde ihnen meistens eine Scheune oder ein Stall zum Ausruhen bereitgestellt.

Die Nächte wurden immer eisiger.

Er hustete und wimmerte nun häufiger. Seine Mutter nahm ihn an ihren warmen Körper. Legte ihn wiedermals an ihre Brust. Doch dann bekam er hohes Fieber. Sein Atem wurde schwächer. Sein Kopf fühlte sich sehr heiß an. Seine Mutter bemühte sich, ihn am Leben zu erhalten. Doch sie verzweifelte immer mehr und dann, als sie zur Weiterfahrt wieder aufbrechen mussten, spürte sie, als er an ihrer Brust lag, nicht mehr seinen Atem. Es musste nun, damit ihr Fuhrwerk nicht den Anschluss an den Treck verlor, alles schnell gehen. Mit Tränen in den Augen nahmen alle Abschied. Wickelten ihn, wie es so viele Mütter mit ihren Neugeborenen machen mussten, in eine Decke, um ihn bei den anderen Toten am vereisten Feldrand abzulegen.

Doch dann tauchte ganz unverhofft ein Sanitätssoldat auf. Er sah diese Tragödie, berührte ihn instinktiv und sagte zu seiner Mutter: »Der ist noch warm; in dem ist noch Leben!«

Er öffnete schnell die Decke, machte den Brustkorb etwas frei. Nahm ein winziges Stück gefrorenen Schnee und betupfte damit seine Herzgegend. Deckte ihn zu. Schnell wurde er an die Mutterbrust gelegt, und er fing überraschend an, daran zu saugen. Der Soldat war von seiner Mutter angetan, hatte ein Herz für sie. Dazu übergab er ihr zum Überleben noch einen größeren Topf mit Honig.

Dann setzte er sich mit allen anderen auf den Pferdewagen und fuhr mit ihnen weiter, bis sie am Abend zum Übernachten eine Scheune mit Stroh erreichten.

Am anderen Morgen war er verschwunden. Sein zurückgelassener Honig hatte bestimmt dazu beigetragen, dass alle überlebten.

Er, ihr Sohn, lebte auch überraschender Weise weiter! Aber sicher wohl nicht mehr mit einem so kräftig schlagenden Herzen wie noch im vorherigen Sommer.

Dann geschah noch etwas, beim Milcherbetteln in den umliegenden Bauernhöfen. Seine Mutter kam mit einem schon größeren, so sechzehnjährigen Mädchen zurück. Dieses erzählte, dass sie ihre Mutter, ihre Familie verloren habe, und sie nun ganz alleine und ängstlich umherirre. Später wurden diese Alleingelassenen »Wolfskinder« genannt. Seine Mutter nahm sie zu sich. Sie fuhren dann weiter.

Der Winter wurde immer eisiger, immer unerträglicher.

Für sie aber auch ein Glück, da sie bei diesem strengen Frost über ein zugefrorenes Haff, ausweichend den verstopften Straßen, mit dem Pferdegespann fahren konnten. Immer wieder wurden sie von heranbrausenden Jagdflugzeugen mit deren Bordkanonen beschossen. Manch einer dieser langen Trecks versank dabei im eiskalten Wasser. Sie fuhren an ertrunkenen Pferdeleibern, Wagen und vielen, vielen toten Menschen vorbei.

Als sie wieder Land erreichten, waren die Soldaten der Roten Armee auch schon bis dorthin vorgedrungen. Der Polenjunge, dieser Zwangsarbeiter, war aber mit diesem Tag auch verschwunden. Nie wieder auftauchend.

Seine Mutter war nun mit ihren vier Kindern und ihrer alten Mutter allein auf sich gestellt. Russische Soldaten tauchten häufig auf, drohten mit ihren Maschinenpistolen und forderten nach Uhren und Schmuck. Dann wurden sie in einen großen Bauernhof eingewiesen. Seine Mutter bekam die Anweisung, die dortige Kuhherde als Magd mit zu betreuen. Das Wolfskind passte auf ihre Kinder auf und half bei der Versorgung mit. Seine Mutter brachte häufig, versteckt unter ihrem langen Kleid, ein paar Kartoffeln oder auch andere Gemüsereste mit. Dieses war ihr zwar bei Androhung ihrer Erschießung verboten worden. Doch sie missachtete diese Drohung, um alle am Leben erhalten zu wollen.

In den Abendstunden tauchte dann auch ein junger Rotarmist auf. Erst fragte er nach Uhren. Doch dann sah er dieses schon zu einer Frau heranwachsende Wolfsmädchen. Sie gefiel ihm wohl! Er sagte ihr, dass er Micha oder so ähnlich heiße, und er wolle sie den anderen Tag wieder besuchen kommen.

Das Mädchen verstand nicht. Zitterte vor Angst am ganzen Körper, denn der Soldat hatte eine Waffe bei sich. Micha tauchte am nächsten Tag wieder auf und brachte ihr einen Pelzkragen mit. Dass alle unter furchtbarem Hunger litten, hatte er sicherlich in seiner aufbrechenden Gefühlswelt für dieses braunhaarige Wolfsmädchen vergessen. Er blieb bei ihr, gestikulierend einige Stunden, und verschwand dann regelmäßig zu einer bestimmten Abendstunde.

Eines Abends hatte er auch erlernt, in deutscher Sprache sie nach ihrem Namen zu fragen. Sie wurde ganz verlegen. Nannte sich dann nach einigem

Zögern Elisabeth. Für den Soldaten war dieser Name nicht artikulierbar.

Ja, und dann, es waren schon ein paar Wochen vergangen, tauchte er nicht mehr auf. Das Wolfskind lachte spöttisch und fragte: »Wo bleibt denn mein Micha?« Es war vorbei!

Seine Mutter arbeitete weiter als Stallmagd. Dann kamen eines Tages die neuen Hausherren. Es waren polnische Umsiedler. Sie forderten sehr viel von den deutschen Flüchtlingen, den Germanskis, wie sie diese nannten. Sie mochten die Deutschen nicht besonders. Kein Wunder, nach all dem, was geschehen war.

So verging eine Zeit. In seinem anbrechenden dritten Lebensjahr erfolgte dann, beschlossen von den Siegern des Krieges in Potsdam, die endgültige Aussiedlung aller deutschen Bewohner aus den vormals deutschen Ostgebieten.

In langen Eisenbahnzügen, in Viehwaggons, fuhren sie mehrere Tage und Nächte gen Westen. Weg von ihren heimatlichen Orten, Städten, Wohnungen.

Für immer!

Bis sie im Rheinland, bei Bonn gegenüber dem Siebengebirge, in einem Flüchtlingslager untergebracht wurden. Ausgehungert, die Kinder von Rachitis ausgezehrt und meist von Läusen befallen, kamen sie dort an.

Er wuchs dort mit seinen Schwestern heran.

Seine Kindheit empfand er meist als sehr schön, denn er hatte die Möglichkeit, nach der Schule auf der Straße, in den Scheunen der umliegenden Bauernhöfe, nahen Feldern und dem Wald sich spielerisch entfalten zu können. Gehätschelt und getätschelt wurde er auch dazu von seinen um einige Jahre älteren Schwestern, seiner Großmutter und Mutter. Er sei ihr Nesthäkchen. Sie möchten ihn unbedingt am Leben erhalten, mit seiner von Rachitis gezeichneten Trichterbrust, seinem aufgequollenen Bauch, seinem ausgezehrten Körper, wie sie betonten. Seine Mutter war eine fürsorgende, starke und auch weise Frau, die sich auch nicht davor scheute, die niedrigsten Arbeiten anzunehmen, um ihre Familie ernähren zu können. Ihre Wohnverhältnisse waren über Jahre sehr erbärmlich, bis sie eine größere Wohnung zugewiesen bekamen.

Es war herrlich!

Er und seine Schwestern hatten nun für sich ein eigenes Zimmer. Eine seiner Schwestern überzeugte ihn auch davon, einen Roman zu lesen. Von dessen Darstellung begeistert, wollte er dann, so wie dieser Bücherheld, ein starker, tapferer Mann werden, der auch den Tod nicht fürchtete. Er war damals in seinen persönlichen Vorstellungen noch nicht so weit, dass er die Tragweite des Sterbens realistisch einschätzen konnte.

Ihre neue Wohnstätte lag ganz in der Nähe des großen Flusses, des Schicksalsstromes der Deutschen, wie er vielfach besungen wurde. Auf der anderen Seite ragte schroff mit seinen Burgruinen ein Gebirgszug empor, über den es viele geheimnisvolle Legenden, Sagen und Märchen gab.

Mani wuchs heran. War gut in der Schule. Erlernte einen Beruf und lernte ein Mädchen aus der Nachbarschaft kennen. Es suchte seine Nähe. Er war neugierig auf diese weiblichen Menschenkinder. Da er auf das äußerlich Schöne großen Wert legte, hatte sie für ihn eine nicht passende Nase. Das gefiel ihm nicht. Er erwiderte nicht ihre Zuneigung. Sie wurde deswegen sehr traurig. Er lachte nur darüber, vielleicht auch deswegen, weil er damals noch nicht die Traurigkeit eines anderen Menschen nachvollziehen konnte.

Ja, und mit seiner Mutter konnte er wunderbar diskutieren. Über die Themen wie Heimat, Gott, Glaube, was ist die Wahrheit, Gerechtigkeit und Weiteres mehr.

Er sah auch die vielen Probleme der Menschen, mit denen er in der großen Fabrik arbeitete. Sie klagten häufig über ihre schlechte Bezahlung und ungerechte Behandlung. Bei einer Betriebsversammlung fasste er Mut und trug dieses, meist in seinem rheinländischen Dialekt sprechend, auch noch stotternd vor. Viele der Kollegen lachten, und er schämte sich ein wenig. Ein älterer Kollege nahm ihn ernst. Er war früher Kommunist. Was er nun aber nicht mehr sein durfte, da seine Partei mit einem Verbot belegt war. Dieser Kollege, ein Konstrukteur, erzählte ihm, dass nach all den Katastrophen eine neue Zeit angebrochen sei. Lenin und seine Anhänger, genannt Bolschewiken, hätten in einer Revolution gesiegt. Nun seien sie dabei, nach den Erkenntnissen von Marx und Engels eine neue Gesellschaft ohne Kapitalisten, ohne Ausbeutung, Entfremdung und Ungerechtigkeit aufzubauen.

Ob er Lust habe, mitzumachen? Den ersten Schritt habe er ja schon gewagt, da er mutig und frei über die Probleme der Arbeitskollegen gesprochen habe. Dies sei sehr gut, so bestärkte er ihn.

Doch von dem anderen, was der Kollege immer wieder berichtete, verstand er nicht viel. Es erfüllte ihn aber doch mit Stolz, so etwas zu hören. Sein Selbstvertrauen wurde dadurch stärker.

Der Mann nahm ihn mit zu seinen Gruppentreffen. Er lernte dort, baute sein Wissen über eine gerechte Zukunft auf. Sie konnten ihm auch all das erklären, was mit seinem Suchen, ob es nun die Wahrheit gebe, zusammenhing. Er wurde im freien Reden und Vortragen trainiert und wurde überzeugt, sich doch als Kandidat für den nächst zu wählenden Jugendbetriebsrat aufstellen zu lassen. Wurde von den anderen Lehrlingen dann auch gewählt. Nun hatte er seine Aufgabe gefunden. Vielen seiner Vorgesetzten missfiel dies. Sie bemängelten immer wieder seine Arbeitsleistungen und dass er sich nichts sagen lasse wollte.

Dann, eines Tages, nach seiner erfolgreichen Prüfung zum Facharbeiter, erhielt er die Kündigung. Sie zeigten ihm ihre abweisenden Rücken, so kam es ihm jedenfalls vor.

Er verspürte aufkommende Einsamkeit in sich und ging weiter auf die Suche. Besuchte eine Technikerschule und probierte viele Gruppen, Verbände und Parteien zum Finden seiner politischen Aktivierung aus. Doch für einen einzigen Weg konnte er sich nicht entscheiden. Es war zu seiner Angewohnheit geworden, sich für keine Richtung endgültig festzulegen. Er hatte so auch Kontakt zu Gruppen, die sich die Aussöhnung der Völker zur Aufgabe gemacht hatten. Es sollte ja nie mehr zu einem Krieg kommen, so wurde dort argumentiert. Alle Menschen seien doch Brüder. Aber zu dieser Zeit war dies schon nicht mehr so selbstverständlich. Denn es wuchs erneut ein weltweiter Völkerhass, West gegen Ost, heran. Die Aufrüstung von vielen Atomraketen mit der immensen Kraft, die Menschen vollkommen zu vernichten, war eingeläutet worden. Genannt auch: Der Kalte Krieg.

Eines Tages traf er den früheren Arbeitskollegen, diesen Genossen, wie er sich immer gerne selbst nannte. Er erzählte ihm von seinen gemachten Lebenserkenntnissen, dass doch alle Menschen eigentlich »Brüder sein sollten«. Das habe er in dieser Friedensgruppe so kennengelernt. Deren Losung war ja »Not war and world peace«. Diese Ideale seien für ihn nun zur Aufgabe geworden.

Der Konstrukteur war begeistert, das von ihm zu hören, und ergänzte, dass er als Genosse die Gedanken von Wissen, Kampf und der Solidarität unter der Arbeiterklasse in sich trage. Er solle doch mit ihm gehen, zu einer den Frieden suchenden Gruppe, die sich auch für eine Verbrüderung unter den Völkern einsetze. Vor allem mit denen, die Grausames im vorherigen Weltkrieg erleben mussten. Jetzt bauten sie eine neue Welt auf. Für ihn waren dieses noch nicht verständliche Worte. Er konnte zwar von diesen in sich davon etwas aufnehmen, aber noch nicht für seine Lebenseinstellung verwenden. Doch er ging mit!

Sie, diese Gruppe, bereiteten gerade eine Aussöhnungsreise, wie sie es nannten, in die Sowjetunion, in die Stadt Wolgograd vor. Er hatte noch nie diesen Namen gehört. Weder seine Eltern, seine Lehrer noch irgendwelche Bekannten oder Arbeitskollegen hatten ihm etwas über diese Stadt erzählt.

In der Gruppe sagte man ihm, das sei das frühere Stalingrad. Dort sei es zur Wende des Krieges gekommen, da die Hitlerarmee eine entscheidende Niederlage erlitten habe.

»Willst du mit uns fahren?«, fragten sie. »Wir können dort über einen ganzen Monat bleiben. Du brauchst aber ein Visum. Beantrage es, wenn du mitwillst, bei der Botschaft.«

Er beantragte dies. Überraschend wurde er kurze Zeit später von der örtlichen Behörde vorgeladen. Man fragte ihn, warum er denn nach Russland fahren wolle. In dieser Zeit, wo Deutschland geteilt sei, und die Russen dieses verursacht hätten, fahre man doch nicht dorthin.

Er scherzte mit dem Beamten, denn dieser wirkte sehr freundlich. Er erwiderte lachend, dass dort die Liebe seines Lebens auf ihn warte. Der Beamte meinte dazu, er sei ein netter Bursche. Lieber solle er sich ein deutsches Mädel angeln, die seien auch sehr hübsch.

Dann fuhr und flog er Anfang Mai mit dieser Gruppe über Moskau nach Wolgograd. Das Flugzeug machte beim Landeanflug eine Linksschleife über diese Stadt. Er sah nun, aus dem Bordfenster schauend, einen riesenhaft breiten grauglänzenden Fluss, an dessen Ufer einseitig die Stadt sich langgezogen angrenzte. Auf der anderen Seite des Stromes erschaute er eine bis ins uferlose erscheinende Steppenlandschaft mit vielen Stromschleifen.

Das Flugzeug landete.

Sie wurden von einer Delegation, bestehend aus Stadtverordneten, Parteiangehörigen sowie Dolmetschern, in Empfang genommen und mit einem Autobus in ihr Hotel gebracht. Die meisten Häuser an den Straßen waren noch graue Ruinen. Die Reisemitglieder vermerkten dabei immer wieder: »Es sieht schlimm, sehr, sehr schlimm aus. Noch alles kaputt!«

Die örtlichen Betreuer hießen sie willkommen. Ein Dolmetscher übersetzte den Zeitplan des Aufenthaltes. Auch meinte er, dass ihre Gruppe von ständig anwesenden Begleitern betreut werde. Man solle auch nicht alleine in die Stadt gehen. Das sei noch zu gefährlich, da immer wieder Häuser in sich einstürzten und es noch viele Kriegsminen in dem Schutt gebe. Außerdem seien viele Menschen den Deutschen nicht sehr freundlich gesonnen.

Unter den Begleitern war eine dunkelhaarige junge Russin. Sie verstand die deutsche Sprache und nannte ihren Namen. Sie hieß Soljanka und hatte schöne blaugraue Augen mit ausgeprägten Wangenknochen. Vom Wuchs her war sie groß.

Er kam ab und an mit ihr ins Gespräch. Sie sagte, dass sie in der Deutschen Demokratischen Republik, einem Brudervolk, wie sie betonte, seine Sprache erlernt habe. Er sann nach und dachte bei sich, dass er so gar nichts, aber auch nichts Genaues über diese DDR, diese Sowjetzone, wusste. Ach ja, seine Lehrer hatten häufig betont, dass dort der böse Spitzbart regiere. Er habe die Menschen dort eingemauert.

Sie fragte ihn auch weiter, ob er auch Kommunist sei. Ihm wurde ganz verlegen zumute, und er antwortete leise: »Nein.«

Sie kam ihm nun etwas enttäuscht vor. Warum er denn zu ihnen gekommen sei, fragte sie etwas verständnislos weiter.

»Na ja, wir wollen doch alle Freunde sein!« Er dachte dabei an seinen Kollegen, diesen Maschinenkonstrukteur, der häufig das Wort »Solidarität« verwendet hatte. Das Wort »Freundschaft« lag ihm aber mehr. Auch seine Mutter kam ihm in den Sinn. Hatte sie nicht häufig in ihrer Frömmigkeit die Nächstenliebe durch Jesus betont?

Die anderen Tage waren sie dann meist mit der Gruppe unterwegs. Es wurde berichtet, dass die

Stadt vollkommen zerstört worden war. Nun werde sie allmählich wieder aufgebaut. Man zeigte ihnen im Stadtzentrum einen Brunnen, um den, als Skulpturen erstellt, eine Kinderschar tanzte. Diese hatten seltsamer Weise alle Bombardierungen und Kämpfe überstanden, vielleicht symbolisch als Hoffnungsträger? Dann ein zerstörtes größeres Mühlengebäude mit einem deutschen Namen. Der Dolmetscher lobte den früheren Eigentümer und übersetzte für die anderen, dass nicht alle Deutschen schlechte Menschen seien. Das klang ja schon nach Aussöhnung, so wunderte er sich. Doch war die Zeit dazu schon reif genug?

Er schaute sich weiter um. Nur Grau in Grau, Verfall, Schutt und sehr armselig aussehende Menschen erblickte er. Dabei sah er auch zu dieser jungen Frau, dieser Genossin hinüber. Sie spürte dieses und lächelte sanft herüber. Er hatte mit einem Mal das Gefühl einer Sehnsucht in sich.

Was war dies nur?

Verlegenheit, Mitleid, Heimweh oder vielleicht doch etwas anderes?

Sie machten in den nächsten Tagen noch viele Besichtigungsfahrten durch die Stadt. Er schaute immer wieder zu den Begleitpersonen. Suchte nach ihr. Doch sie war nicht anwesend.

Sie besuchten das vor Kurzem errichtete riesige

Mamajew-Denkmal. Die »Mutter Heimat ruft«, so wurde es genannt. In wehendem Kleide, ihr Haupt zu ihrem Volk rufend nach hinten gerichtet. Ausladend mit ihren starken Armen wirkte sie so, als wenn sie die dort Lebenden zum mutvollen Vorwärtsstürmen anfeuern wolle. Bewaffnet war sie dazu noch mit einem langen Schwert.

Dann stiegen sie abwärts zur steinernen Gedenkplatte der gefallenen Helden, bis zu der Stelle, wo sich die ewig lodernde Flamme befand. Dahinter befand sich der erhabene Tempel für die Gefallenen, deren unzählige Namen in die Wände gemeißelt waren. An diesem hielt eine Gruppe von Schülern, Mädchen und Jungen, in aufrechter Haltung, schön in Uniform gekleidet, die Ehrenwache. In Erinnerung an die zigtausenden Toten. Es wirkte sehr beklemmend auf ihn. Er mochte nicht so recht diese dabei aufkommende Traurigkeit, da er in sich immer eine gewisse Heiterkeit verspürte. Er betitelte sich selbst immer als rheinländische Frohnatur, mit der er aber häufig bei seinen Vorgesetzten in Missfallen geraten war.

Ihm fiel an dieser Stelle ein, dass diese junge Russin, mit der er sich ab und zu schon unterhalten hatte, ihm erzählt hatte, sie habe auch hier an diesem Platz Wache gehalten. Sie hätte dies mit dem Gedanken ihrer Verbundenheit mit allen, die an der

Befreiung beteiligt waren, getan. Aber damit auch die Erinnerungen wachhalten wollen, dass dies, was geschehen, das furchtbare Geschehen, nicht vergessen werde. Diesen Satz, den sie zu ihm sagte, betonte sie in einem hart klingenden Ton. In reinem Deutsch. In etwas gehobener Stimmlage: Nichts sei vergessen! Niemals vergessen!

Dann fuhren sie noch zu einer anderen Anhöhe, etwas abseits liegend vom Stadtzentrum. Sie hieß Kahler Berg. Ein Betreuer erzählte, dass dieser Berg die meisten Soldatenleben gekostet habe, weil er stark umkämpft, immer wieder von den Feinden zurückerobert und dann wieder verloren ging. Überall, wo sie jetzt stünden, sei die Erde mit menschlichem Blut getränkt. Genauso wie auf dem Mamajewhügel. Er nannte auch die Zahl der Toten. Sie war erschreckend hoch, fast unbegreiflich.

Die junge Genossin Soljanka tauchte auch, für ihn schon etwas merkwürdig erscheinend, in den nächsten Tagen nicht auf.

Dann sah er sie, ganz zufällig, bei einem Stadtrundgang an diesem aus der Steinplatte lodernden Feuer. Sie sprach mit einem Mädchen, das dort Wache hielt. Er war sich aber nicht ganz sicher. Er rief ihr zu, mit ihrem Namen. Doch sie reagierte nicht darauf. In seiner Angst, dass er sie vielleicht heute das letzte Mal sah und dann nie, nie wieder, schrieb er auf einen Zeitungsrand die Worte: »Heute, achtzehn Uhr, Treffen an der Flamme. Komm bitte. Ich brauche dich.«

Schnell riss er das Geschriebene in einem Streifen von dem Zeitungsblatt ab, ging zu der Frau und gab ihr, etwas versteckt, die Botschaft. Sie reagierte sehr verdutzt darauf. Alles ging sehr schnell. Es wurde nur von einem Betreuer, der sich etwas wunderte, bemerkt. Die Gruppe ging dann weiter. Fuhr mit dem Bus in das Hotel.

Für ihn war nun die Überlegung, wie er es nun lösen sollte, dass er in den frühen Abendstunden nochmals in die Stadt fahren konnte. Er hatte Bedenken, die Betreuer zu fragen, da diese ja bei der Begrüßung ernsthaft davon abgeraten hatten, alleine etwas zu unternehmen oder auch Kontakt zu einzelnen fremden Personen aufzunehmen. Er fasste Mut und fragte dann doch den Mann, der seine Zettelübergabe an diese Frau beobachtet hatte. Dieser lächelte etwas verschmitzt, zwinkerte ihm zu und sagte auf Deutsch, er solle den Weg gehen, wohin sein Herz ihn trage!

Er rechnete aber nicht damit, dass sie, diese junge Frau, erscheinen werde.

Doch er wurde überrascht! Sie stand dort, bei dieser Ehrenwache und wartete auf ihn. Sie hatte sich hübsch gekleidet und ihr dunkles Haar zu einem Pferdeschwanz zusammengefügt. Dazu trug sie braune kurze Stiefel.

Sie begrüßten sich, und nun war er sich ganz sicher, dass es Soljanka war. Sie gaben sich die Hände, gleichzeitig in dem Augenblick, als ein neuvermähltes Paar die Gedenkstätte umrundete. Die junge Braut, ganz zierlich gebaut, wirkte sehr zerbrechlich. Er fragte Soljanka, warum sie nicht mehr seine Gruppe betreue. Sie sagte etwas verlegen, dass sie krank geworden sei und senkte dabei ihren Blick. Er empfand, dass sie nicht das Wahre sagte.

Beide spazierten noch eine Weile über den Platz. Sie erzählte ihm dann von ihrem Freund, den sie vielleicht heiraten werde, von ihrer Mutter, dass diese in der großen Traktorenfabrik arbeite, und von ihrem Vater, den sie nie kennengelernt habe. Sie werde vielleicht auch nochmal nach Deutschland kommen, um mehr über die Kommunistische Partei zu erfahren und auch darüber, warum dort Hitler so verehrt worden sei. Aber auch, warum nun Westdeutschland wieder zum Feindesland gehöre.

Er betrachtete sie dabei von der Seite, mit dem beklemmenden Gefühl, diese dunkelhaarige, junge Frau mit diesen nichts preisgebenden taubenblauen Augen für immer verlassen zu müssen. Er fühlte, dass ihre Augenfarbe und dieses nicht zu ergründende Innere etwas von ihrem Heimatland in sich trugen. Dieses riesige, in vielem unerschlossene Land mit seinen weiten Ebenen, durchzogen von träge dahinfließenden Wasserströmen und riesigen dunklen Wäldern, Steppen. Den hohen, ewig im Schnee bedeckten Bergen und den vielen unterschiedlichen, meist schweigsam sich gebenden Menschen. Diese, die immer wieder im harten Kampf ums Überleben gegenüber der Natur, aber auch gegenüber ihren Eroberern und Herrschern in unzähliger Zahl duldsam, auch sich aufopfern mussten. Und immer ihre Hoffnungen in tiefgläubigen, religiösen Gesängen, wie er sie manchmal gehört hatte, den Himmlischen verheißend, wiedergaben.

Soljankas Augen verbargen diesen ein wenig scheinenden leidvollen, aber auch sanftmütigen Ausdruck in sich. Was suchten sie nur?

Er fing an, in seinen Gefühlen für sie zu schwärmen.

Ob sie auch wie er fühlte?

Er musste nun schnellstens wieder zurück in sein Hotel, um nicht das Abendessen zu versäumen. Fragte sie dann, etwas verlegen, ob sie sich nochmals treffen könnten.

Sie trat nah an ihn heran, fasste ihn an den Händen und sagte dann leise: »Nicht hier, aber dort, auf der angrenzenden Bergeshöhe, nahe der Stadt, seitlich der Wolga, auf dem Kahlen Berg. Dort, wo der große Soldatenfriedhof beginnt. Hast du den Ort noch in Erinnerung? Am Sonntag um ein Uhr am Mittag. Du kannst mit einem Bus bis zum Fuße des Berges fahren, musst dann einen bis zwei Kilometer den Berg hochsteigen. Weißt du auch, dass ich deinen Vornamen kenne?«

»Nein«, gab er zur Antwort.

»Die anderen nennen dich alle Mani oder so ähnlich! Stimmt's?«, kicherte sie los.

»Ja«, sagte er, »und du bist Soljanka! Stimmt's? Weißt du auch, dass in deinem Namen das Wort ›Sol‹ enthalten ist, das bei uns mit Licht und Sonnenschein in Verbindung gebracht wird?«

»Ja, und dein Vorname? Hat er auch eine Bedeutung?«

»Ach, meiner hat, glaube ich, keine.« Dann besann er sich. »Ach ja, in einem Buch, einem Sagen- oder auch Märchenbuch, stand so was Ähnliches darüber.«

»Was denn? Ja, und was bedeutet das Wort ›Sagen‹?«, fragte sie.

»Sagen, das sind Ereignisse, die einmal passiert sein müssen. Die aber in späteren Jahren, von ihrem Inhalt her, immer ein Stückchen verändert, anders erzählt werden. Damit dies den dann lebenden Menschen in ihren Gefühlen, in ihrer Seele ein Stück entgegenkommen kann. Wir alle brauchen ja dieses Gefühlsbetonte, um auch nicht zu verzweifeln, bei all dem, was so um uns herum immer wieder geschieht.«

»Wie meinst du das?«, warf sie ein.

Doch er fuhr weiter fort: »Sol und Mani, so erinnere ich mich, waren zwei Kinder der Götterwelt meiner weit, weit zurückliegenden Vorfahren, wenn du das verstehst? In meinem Land verlief die Entwicklung anders als hier bei euch. Es gab sogar mal eine Zeit, da mochte man dich und Deinesgleichen nicht so sehr. Das ist aber jetzt vorbei.« Hoffentlich, dachte er bei sich. »Als es zur Götterdämmerung kam, zum Weltuntergang, wie man erzählte, wurden beide von einem Wolfsrudel eingeholt und verschlungen.«

Sie seufzte, überraschend für ihn, auf. »Oh, so etwas darf es nie, niemals geben«, meinte sie.

Stille! Sie schaute in Richtung des Flusses und vernahm hellklingende Kinderstimmen. Dann ging sie schnellen Schrittes weg. Er sah noch, wie sie ihren umflochtenen dunklen Haarzopf löste.

Er schaffte es dann am Sonntag mit aller Mühe, an dem verabredeten Ort zu sein. Er dachte bei sich: Warum hat sie nur, für dieses gemeinsame Treffen, einen so traurigen Ort ausgesucht?

Sie trafen sich und nannten sich bei ihren Vornamen.

Der Sommer hatte nun Einzug gehalten und von der endlosen dahinterliegenden Steppenebene wehte ein heißer, trockener Wind herüber.

Er schlug ihr vor, bei diesem schönen Sommerwetter doch zum weich dahinfließenden, aber doch kühlenden Fluss hinunterzugehen, um zu baden.

Sie lehnte ab und machte ihm einen anderen Vorschlag:

»Siehst du dort die weite Landschaft mit den unzähligen Gräsern, Blumen und Sträuchern?«

Er schaute in diese Richtung und empfand dabei in sich ein aufkommendes Gefühl seiner angeborenen Heimat. Seltsam für ihn, da er sie doch nie kennengelernt hatte. Aber doch war sie in ihm gegeben.

»Soll ich dir ein Geheimnis verraten?«, fragte sie.

Er meinte zu spüren, dass sie ihn nun fragen werde, ob er sie liebe oder auch so etwas Ähnliches.

Aber nein!

Sie sagte nur: »Weißt du, dass dort drüben, diese endlose Steppe singen, ein Lied singen kann? Man muss nur lange genug in sie hineinlauschen!«

»Das ist gut möglich«, meinte er.

Denn er hörte auch immer den aufkommenden

Wind. Erst etwas verhalten ansteigend. Dann geräuschvoller.

»Mani, komm nur mit! Ich kenne mich in der dortigen Gegend gut aus, da wir dort häufig mit unserer Mutter Waldbeeren gesammelt haben. Komm nur! Mit dem Flussboot fahren wir zum anderen Ufer und laufen ein Stück landeinwärts, zu einem Hügel. Ich habe auch ein paar Scheiben Brot und ein Getränk, den Durst löschenden Kwass, mitgebracht.«

Sie gingen, nachdem sie mit einer Fähre den Fluss überquert hatten, ein Stück in die Steppenlandschaft hinein.

Vögel mit ausladenden Flügelschwingen zogen, im Fluge schwebend, über sie hinweg. Ab und an flüchteten vor ihnen kleine Tiere und versteckten sich in den Büschen. Der Vogelgesang war verstummt, denn der Tag wurde immer wärmer.

Sie kamen an eine kleine Erderhebung. Soljanka legte ihren Rucksack ab und setzte sich auf einen umgestürzten, warmen Baumstamm. Forderte ihn einladend auf, doch neben ihr Platz zu nehmen. Sie saßen nun eng beisammen. Ihre Gesichter, mit etwas Schweiß beperlt, waren sich sehr nahe. Er nahm ihre Körperwärme, ihren Geruch wahr.

Sie bot ihm an, doch etwas zu trinken.

Er sah ihre taubenblauen Augen, mit dieser, für

ihn in der Tiefe nicht zu ergründenden Gefühls-welt.

Er berührte ihre Hand. Sie ließ es sich gefallen.

Sie forderte ihn nochmals sehr fürsorglich ein-wirkend auf, doch nun etwas von dem Getränk zu sich zu nehmen. Mit sanfter Stimme sagte sie dazu: »Mani, trink nur! Dieses Getränk wird dir vielleicht dein Inneres in dir lösen und die Möglichkeit er-schaffen, dieses Lied der Natur zu hören. In einer Sprache, die alle Welt, alle Menschen vielleicht, irgendwann lernen zu verstehen …!«

»Ja, aber was sprichst du da? Deine Stimme, deine Sprache ist so klar! Es sind für mich so rätsel-hafte, doch aber weise Worte! Woher weißt du sie? Wer hat sie dich gelehrt? Wann werden alle je ver-stehen?«

Sie senkte ihren Kopf. Dann kehrte Ruhe ein.

Die kräftigen Windböen ebbten ab, und dann sagte sie ganz leise zu ihm: »Hörst du ihn?«

»Was?«, fragte er in ebenso leisem Ton.

»Diesen Gesang, der aus dem Grund aufsteigt. Wenn man ihn lange in sich aufnimmt, dann ver-nimmt man auch so etwas wie ein Lied in ihm.«

»In welcher Sprache?«

Sie schaute ihn an. »Sicher in der, die alle ver-stehen«, scherzte sie, und beide lachten dazu.

Er saß nun still und fand in sich. Beide schauten

zu einem Rascheln im Grase hin. Es war eine kleine Schlange, die sich flink windend in Sicherheit bringen wollte. Es verband sie beide mit einem Mal etwas Zuneigendes. Eine Sehnsucht nach Hingabe und Verlangen …

Dann wurde der Wind stärker und trug die warnenden Laute eines Greifvogels mit sich.

Dieser frühere Kollege, dieser Genosse, klopfte an Manis Zimmertür. Er wollte mit ihm, bei der Tageshitze, etwas Kühles trinken. Es rührte sich aber nichts in seinem Zimmer. Zum Abendessen war Mani auch nicht anwesend.

»Nun ja«, meinte ein Betreuer, »euer Genosse wird bestimmt woanders gut versorgt!«

Alle schmunzelten.

Doch am nächsten Morgen erschien Mani auch nicht zum Frühstück.

Man fragte den Pförtner. Es wurde ein Bote zur Wohnung von Soljankas Mutter geschickt. Diese meinte nur, ihre Tochter sei bestimmt bei ihrem Freund. Denn bei diesem war sie schon häufiger über Nacht geblieben.

Doch Soljanka und Mani blieben verschwunden.

Die Tage vergingen. Das Ende des Aufenthaltes stand bevor. Mani tauchte nicht auf.

Sie flogen ohne ihn wieder zurück nach Deutschland. Die Sachen von ihm mussten sie auch zurücklassen, denn die Zollbeamten an der Grenze hätten diese bestimmt beschlagnahmt.

Auch wurden alle, nachdem sein Verschwinden den Behörden bekannt wurde, zur Anhörung geladen, denn die Beziehungen beider Staaten waren zu dieser Zeit sehr eisig. Es herrschte ja der Kalte Krieg, beide Seiten bedrohten sich immer wieder und hatten kein Vertrauen zueinander. Vielleicht war Mani auch ein Spion?

Beide, Mani und Soljanka, die sich in der unendlich weiten Steppe gefunden und vereinigt hatten, blieben unauffindbar.

Dann, so nach fünfzig Jahren, tauchte in der örtlichen Presse von Wolgograd ein Bericht auf, dass ein Jäger aus einem kleinen Dorf in der Steppe, dreißig Kilometer entfernt von der Stadt, einen herumstreunenden Wolf verfolgt habe. Dieser sei an einer Erderhöhung in ein schmales Schlupfloch verschwunden.

Der Jäger habe dieses darauf noch eingehender untersucht und festgestellt, dass ein großer Stein diese Öffnung zudeckte. Er allein habe diesen nicht bewegen können. Hat dann mehrere Männer und Frauen dorthin mitgenommen. Sie konnten so, mit vereinter Kraft, den großen Findling zur Seite schieben und entdeckten dabei, dass das Loch der Eingang zu einem Erdbunker war.

Einige liefen zurück, zu ihren Wohnstätten, besorgten sich Lampen, um weiter in dieses dunkle Erdloch vordringen zu können. Es passte aber nur immer eine Person durch die Öffnung. Der Jäger kroch hinein und leuchtend entdeckte er zwei Skelette menschlicher Vergangenheit nebeneinander liegend. Jeweils einen knochigen Arm unter den Schädeln nach oben gestreckt. Es war seltsam! Die beiden Zeigefinger dieser skelettierten Hände berührten sich einander noch an ihren Spitzen.

Er, der Untersuchende, drehte seinen Kopf dann noch der Bunkerdecke zu und meinte, einen leisen, aber irgendwie hellen Luftstrom zu verspüren, der nach draußen an das Licht eilte.

Er dachte an seine Frau, die vor Kurzem einem Kind das Leben geschenkt hatte. Hier befand er sich vor einem bestimmt tragischen menschlichen Ende. Ein Mitgefühl blieb aber bei ihm aus. Bestimmt deswegen, da er Jäger war und er so schon etliche tote Wesen zu Gesicht bekommen hatte.

Dort aber, in seiner Behausung, lag etwas Anfängliches, das lebte, ein Werden. Dann vernahm er, dass von draußen ein Wind aufkam, und er lauschte seinem Rauschen mit in sich aufkommenden beklemmenden Gefühlen, die ihn irgendwie ein wenig frösteln ließen. Er verspürte auf einmal das starke Bedürfnis, bei seinem Neugeborenen, einem Mädchen, zu sein. Daheim erzählte ihm seine Frau, dass die Kleine immer wieder ihr Ärmchen gehoben und ihr Fingerchen gestreckt habe, als wolle sie auf irgendetwas weit Entferntes, dabei lachend, hinweisen.

Die beiden Skelette wurden später geborgen und auf dem Kahlen Berg, wo die abertausend getöteten Soldaten begraben lagen, mitbestattet. Ihre Grabsteine blieben leer. Es gab keinen Hinweis, wer sie wohl einmal gewesen sein könnten. Es müssen wohl zwei unbekannte Soldaten gewesen sein, so wurde vermutet.

Manis Mutter, die so drei Jahrzehnte nach seiner Reise verstarb, hatte immer wieder in sich die Sehnsucht leben lassen, dass sie von ihm, ihrem Sohn, doch noch einen Brief aus Stalingrad, wie sie es immer noch nannte, erhalten würde. Dass es ihm gut ginge und er dort Arbeit und vielleicht auch eine Liebe, sein Zuhause gefunden hätte.

Sie war sehr gottesgläubig eingestellt und hob immer wieder, trotz allem Schmerz, den sie zu ertragen hatte, ihre Lebensideale eines festen Glaubens, der Hoffnung, der Liebe hervor.

In einer von ihr zurückgelassenen Schrift, für sie

wohl das Wichtigste in ihrem Erdendasein, fand man eine Notiz.

Dort hatte sie vermerkt: »Für Jesus war sicherlich die Liebe das Höchste. Für mich ist es die Hoffnung. Auch wenn ich nicht mehr da sein sollte. Sie wird mit mir sein, in mir wirken auf ewiglich.«

Es ist der Weg eines menschlichen Schicksals. Immer suchend! Auf der Suche nach was, nach wem? Ob es so etwas wie Liebe geben kann? Oder so ein Wesen, das dem Einzelnen seinen Weg, den er zu gehen hat, vorbestimmt?

Nur der Steuermann sieht das Kielwasser

Da war sie nun. Angekommen!

Durch ihn, ganz alleine durch ihn, wohlwollend einen Platz empfangend für sich erhalten zu haben. In seinem Boot, welches ewiglich alle Meere durchpflügt. Ja, und er? Er stand in aller Herrlichkeit erscheinend im Ruderhaus. Hielt das Steuerrad und lenkte das Schiff. Das Bugwasser sprühte auf, verlief sich dann an den seitlichen Rändern. Am Heck des Schiffes war alles wieder glatt. Keine Spur war mehr wahrnehmbar. Außer den Erinnerungen, als Aufbauendes oder auch Zerstörendes.

Es war das Ewige. Das Lenkende, Schenkende, das Nehmende.

Sie schaute sich um. Nicht sehr viele waren eingeladen worden. Hatten die Plätze eingenommen. Weiter, sich nach hinten lehnend, sah sie es: Was denn?

Ihr Vergangenes, ihre Herkunft und ihren Lebensweg. Ihre Gefühle, Gedanken, ihr Handeln und ihr Schicksal.

Was hatte doch ihre Mutter immer erzählt, weit, weit herholend:

Als der Krieg verloren war, kam er, so nach einigen Jahren, zurück aus der Gefangenschaft. Der

Zug, in dem er sein musste, rollte stampfend und schnaubend in den Bahnhof ein.

Er! Wen meinte sie damit? Es war Mamas Ehemann.

Beim Aussteigen hatten beide das Gefühl, sich gleich wiederzuerkennen. Er sah etwas schmal aus. Sein Stirnhaar hatte sich ein wenig gelichtet. Doch seine braunen, auffallend tiefliegenden Augen waren wie vor Jahren gleich, bedrohlich wirkend geblieben. Aber irgendetwas an ihm schien ihr anders. Hatte sich verändert. So erzählte sie.

Als sie ihm gefühlsvoll zuwinkte und er dies erwiderte, da fiel es ihr auf. Er gebrauchte nicht, wie gewohnt, seinen rechten Arm. Er nahm die Begrüßung mit dem anderen, linken Arm vor. Dann stellte sie an ihm fest, dass sein rechter Arm fehlte. Oberhalb amputiert war. Sie umarmten sich, lachten im Überschwang und nahmen beide dabei ihre sie verbindenden Tränen der Freude über ihr Zueinanderfinden wahr. Sie hatte noch in Erinnerung, dass er irgendwie nach Holz, Teer roch. Sie vernahm auch seinen Tabakgeruch, und als ihre Gesichter einander näherkamen, verspürte sie seine Bartstoppeln und seine männliche, angeraute Haut und seinen Geruch.

So blieben sie zusammen. Im Frieden musste es sich nun anders leben als zur Kriegszeit.

Sie bezogen eine enge Dachgeschosswohnung mit einem Kohleofen und ohne fließendes Wasser. Er fand aber wegen seiner Behinderung nicht so schnell eine Arbeit. Sie war Industriekauffrau und erhielt auch gleich eine Anstellung in einer Verwaltung. Dort bekam sie dazu die Möglichkeit, einmal in der Woche verbilligte süße Schlemmereien einzukaufen. Er aß sehr gerne diese mit Likör gefüllten Pralinen.

Beide waren noch sehr jung. So nach vier Jahren wurde sie, ihre Mutter, dann mit ihr schwanger.

Ihr Vater hatte mittlerweile in einem Hotel als Nachtportier eine Beschäftigung gefunden. Dazu erhielt er als Kriegsverwundeter eine geringe Kriegsversehrtenrente. Sie fanden dann auch eine größere Wohnung.

Viel später, nach langem Verschweigen, erzählte ihre Mutter ihr auch noch Weiteres über ihren Vater. Vor allem, dass er ein sehr ausgeprägtes Liebesbedürfnis hatte. Sie, als ihr Kind, lehnte aber sowas zu hören erst mal ab. Hielt, wenn die Mutter davon anfing, sich meist die Ohren zu. Denn sie hatte in sich das Verlangen, reine geschlechtslose, platonische Liebeswesen als Eltern zu haben. Doch ihre Mutter überzeugte sie, ihr zuzuhören, da sie diese auch mehr liebte als ihren Vater. Vor allem wies ihre Mama sie immer wieder darauf hin, dass

auch die Kinder einen Teil ihrer Eltern mit einge-
pflanzt bekommen hätten und ihre Wesensart sich
entsprechend danach entwickeln werde.

Dann erzählte ihre Mutter weiter, dass ihr Vater
ein Mann mit großer Kraft gewesen sei. In der Liebe hätte er sie fast zerquetscht, wie sie so zu sagen
pflegte. Er sei so wenig zärtlich, aber dafür sehr
verlangend, sprach sie, etwas genussvoll klingend.
Auch mit seinen Augen habe er dann immer sehr
bedrohlich dreingeschaut. Dieses Gefühl hatte auch
sie, sein Kind, in Situationen, wo ihr Vater sie mit
strengem Blick fixierte.

»Ja, und weißt du, was er mir noch erzählte?«

»Nein, sprich!«

»Im Krieg, an der Front, hatten sie bei einem
Angriff Gefangene gemacht. Es sei auch ein Politof-
fizier darunter gewesen. Seine Untergebenen hätten
bei ihren Vernehmungen erzählt, dass dieser immer
wieder seine eigenen Leute habe erschießen lassen,
wenn diese sich feige im Kampf verhalten hätten.
Dein Vater erhielt dann einen Befehl. Er berichtete
mir, sein Vorgesetzter habe ihm gesagt, morgen
früh legst du diesen Häuptling um. Ob er ihn verstanden hätte? Am nächsten Morgen habe er den
Gefangenen, mit der Pistole in seiner Hand, an eine
abgelegene Stelle getrieben. Habe ihn noch ein
Stückchen von seiner Zigarette rauchen lassen.

Dann mit einem Schuss in den Kopf und in das Herz getötet. Ja, und stell dir vor, dabei sei in ihm so eine Erhabenheit, ein Lustgefühl entstanden. Da habe er auch so richtig begriffen, wie er weitererzählte, dass er als Mann von Natur aus jagen, töten, vernichten wolle. Das habe er auch seinem immer noch verehrten Führer zu verdanken, der die Männer den Kampf hatte erproben lassen, damit sie hart wurden und eine Überlegenheit in sich trugen.« Sie habe ihn dann gefragt, was denn nun die Frauen von Natur aus seien. Das könne er nicht so genau sagen, weil er bis jetzt nur eine kennengelernt habe. Diese sei sehr erduldend, hingebungsvoll. Die Tochter fragte sie, ob sie das auch tatsächlich sei. Sie bejahte dies. Erwähnte aber auch, dass sie eine Kraft, Kämpferin zu sein, in sich verspüre.

Sie, die Tochter sah dann auch, dass ihr Vater gerne Alkohol zu sich nahm. Ab und an war er auch betrunken. In seinen Gefühlen erwachte er dann. Schmuste mit beiden herum. Herzte und lachte mit ihnen. Ohne Alkohol war er ganz das Gegenstück. Wortkarg, zurückhaltend, sogar etwas schüchtern wirkend. Er erzählte auch nie, wie es ihm im Krieg ergangen war. Ob er Heimweh, Angst gehabt hatte. Ob er auch mal traurig gewesen war, geweint hatte.

So vergingen gemeinsam ihre Kinderjahre. Sie

beendete ihre Schulzeit mit einem guten Abschlusszeugnis. Erlernte, so wie ihre Mutter, den Beruf einer Kauffrau. Bestand die Abschlussprüfung und arbeitete bei derselben Firma in ihrem erlernten Beruf.

In ihr keimte aber auch die Sehnsucht, das Verlangen, sich in einen Mann zu verlieben. Sich ihm ganz hinzugeben. Besah sich dabei auch immer im Spiegel, um ihre Schönheit zu prüfen. Auch was sie für eine Figur hatte und ob die Beine schön geformt waren. Ihre Mutter beobachtete sie ab und zu dabei, und sie sah auch wohlwollend, dass ihr Kind sich prächtig entwickelt hatte.

Dieses strich mit ihren Freundinnen suchend um die Häuser. Ging gerne mit diesen zum Tanz in die Discotheken. Hüpfte dort ausgelassen und flirtend mit den Jungs herum. Aus keinem Tanz entwickelte sich für sie eine nähere oder gar feste Beziehung. Der Drang danach nahm in ihr immer mehr zu. Angefacht auch dadurch, weil sie gerne Liebesromane las, die meist tragisch endeten.

Ja, und dann zufällig, schon fast schicksalshaft, machte sie in ihrem Urlaub am Meer eine Bekanntschaft. Es war ein größerer, gut genährter Südländer, mit schwarzen Haaren und dunklen Augen.

Er verzauberte sie immer wieder gefühlsbetont, dass sie mit ihm gehen solle. Sie würden zusammenwachsen, ineinander verschmelzen und gemeinsam etwas aufbauen.

Er rührte an ihrem Herzen. Sie zog dann zu ihm. Beide schworen sich ewig anhaltende Liebe und bewohnten im Stadtzentrum eine recht schöne, helle Wohnung.

Dann umarmte sie ihn eines Tages, ganz fest an ihren Leib drückend. Offenbarte ihm, dass sie schwanger sei, und die Frauenärztin sogar meinte, dass da in ihr Zwillinge gediehen.

Er selbst war auch Arzt und beschäftigt in einem Krankenhaus. Doch was er dazu noch an sich hatte: Er war ein sehr impulsiv sich gebärdender Mensch. Im Guten wie im Bösen. War er gut gelaunt, dann kam ein hell wirkendes Lachen auf sein Gesicht, mit eben gewachsenen, weißglänzenden Zahnreihen. Doch wurde er zornig, dann benahm er sich unbeherrscht. Schmiss Gegenstände um oder kam bedrohlich nahe, gewalttätig wirkend, auf sie zu. Sie schockte dies aber nicht so sehr. Meist nach seinen Gefühlsausbrüchen gaben sie sich einander verlangend, aufnehmend hin. In ihr stieg dann auch eine heiße Lust auf, wenn er, roh wirkend, sie mit seinen Armen umschlang, fesselte.

An einem warmen Tag waren sie mit dem Auto an einen einsam gelegenen See gefahren. Das Auto hatte er vertikal zeigend zum Seeufer hin geparkt.

Sie hatte etwas im Fahrzeug vergessen. Ging es holen. Als sie sich im Inneren suchend bewegte, löste sie versehentlich die Handbremse. Das Auto fing an wegzurollen. Sauste die Böschung hinunter. Geradewegs ins Wasser. Geistesgegenwärtig ließ sie sich, mit einem Satz, rücklings aus dem Auto fallen und landete im weichen Sand. Das Auto versank langsam im See.

Er sah dies alles. Schrie los und stürzte sich wutentbrannt auf sie. Schlug mit seinen geballten Händen unbeherrscht auf sie ein. Trat ihr mehrmals in ihren schon etwas gewölbten Unterleib. Dann überkam sie eine Ohnmacht. In ihrer Bewusstlosigkeit sah sie vor sich einen schwarzen, sie angähnenden Tunnel und ganz, ganz weit an seinem Ende einen hell blitzenden Punkt, wie ein Stern am Nachthimmel.

Sie wachte auf, ratlos nach oben blickend. Eine Krankenschwester in Nonnentracht saß neben ihrem Bett und schaute sie hilfsbetonend an. Sie wandte ihr ihren Kopf zu und vernahm ihre blasse, aber sehr glatte Gesichtshaut mit diesen weichen Augen; alles umrahmt mit einer Kopfhaube. Man hatte sie an Händen und Füßen wegen ihrer Erstickungsgefahr, da sie sehr unruhig war, fixiert. Nach ihrem Erwachen band die Nonne sie los. Sie tastete als Erstes nach ihrer Brust und dann befühlte sie ihren Bauch. Alles fühlte sich weich und für sie gedeihend an. Empfand auch, dass ihre Kleinen bestimmt noch in ihr seien.

Eine Ärztin kam hinzu, begrüßte sie und sagte, dass sie ihr noch eine Spritze geben werde. Sie werde nochmals einschlafen. Das werde ihr gut tun. Sie werde sicherlich dadurch auch schneller gesunden. So schlief sie wieder ein. Versank in eine lang anhaltende Traumwelt, wieder mit diesem dunklen Tunnelloch, welches vorhatte, sie zu verschlingen.

Als sie erwachte, hatte sie ein ganz starkes Durstgefühl. Die Schwester gab ihr, wie mitfühlend, ein großes Glas Wasser zu trinken. Ihr fiel dabei wieder dieser See und das Auto ein. Sie wurde gefragt, ob ihr Bauch ihr Schmerzen bereite. Sie verneinte und tastete ihren Unterleib ab. Hatte dabei so ein Gefühl, als wenn sie in sich einen wie leergeräumten Raum habe.

Dann fragte sie nach, ob denn ihr Liebster, ihr Lebensgefährte, auch schon dagewesen sei. Die freundliche Schwester verneinte dies und vertröstete sie mit nichtssagenden Worten. Dabei ging überraschend die Zimmertür auf. Es war die Ärztin, welche auf sie zukam und ihre Hand fasste. Heute wirkte diese auf sie etwas müder aussehend. Sie meinte nun, die Ärztin wolle ihren Pulsschlag fühlen. Doch sie fing an zu sprechen. Etwas für sie Leises, nicht gleich zu Begreifendes. Sie hätten sie so lange schlafen lassen müssen, weil ihre beiden Kleinen auch so müde gewesen seien. Sie seien nun alle aufgewacht. Doch ihre Beiden hätten den Wunsch, wieder ihre Äuglein zuzumachen. Sie wollten wieder schlafen. Ganz, ganz lange wohl.

Sie verstand nicht so recht und fragte, ob sie denn nun im Nebenraum schliefen? Sicher seien sie in einem Bettchen. Aber in welchem Zimmer, wisse sie auch nicht so genau. Wann sie nun aufwachen werden, wisse sie nicht, so sprach die Ärztin. Wenn es dann soweit sei, kämen sie wieder.

Beide verließen sie nun die Patientin und machten auch die Deckenbeleuchtung aus.

Sie lag da und konnte keinen Gedanken fassen. Hatte auch kein trauriges Gefühl in sich. Die hereinbrechende Dunkelheit berührte den Raum. Wartend, wartend.

Nicht ihr Liebster kam dann so nach zwei Wochen. Nein, es war ihre Mutter, die ihr Kind mitnahm, sie heimholte. Sie war damit auch einverstanden, da sie sich weiterhin sehr schwach fühlte, mit immer wieder auftretendem Zittern ihrer Oberschenkel. Bei ihrer Mutter fühlte sie sich geborgen. Auch gewann sie daran Gefallen, dass ihre Mutter sie mit diesen natürlichen Heilmitteln gesund pflegen wollte. Ihre Mama bezeichnete sich selbst als eine Kräuterfrau. Im Mittelalter wäre sie gewiss auf dem Scheiterhaufen gelandet. Das hatte sie auch schon früher erzählt. Doch sie konnte damals nicht so recht was damit anfangen. Da sie auch immer wieder hörte, dass man wiederum Medikamente entwickelt habe, mit denen man die meisten Krankheiten heilen konnte. Auch sah sie in den Werbespots, dass man bei morgendlichem Unwohlsein einfach eine Tablette einzunehmen brauchte und danach gleich voller Elan war.

Ihr fiel aber auf, dass ihr Vater kein einziges Mal anwesend war. Überhaupt nicht erschien! Sie meinte, sicher arbeite er des Nachts und tagsüber schlafe er dann. Es kam ihr aber irgendwie seltsam vor und so fragte sie ihre Mutter, wann ihr Vater denn mal bei ihr erscheinen werde?

Sie sah, dass die Augen ihrer Mutter sich mit Tränen anreicherten. Dann erzählte die Mutter, hin- und herlaufend, dass er nicht mehr da sei. Schwieg dann. Dabei machte sie den Kühlschrank auf, schaute hinein. Sagte dann, er habe sich selbst umgebracht.

Sie saß nun da, schwach und ganz still in sich gekehrt.

In Gedanken dachte sie an ihren Südländer, der auch nicht mehr zu ihr kommen würde. Auch keine

Erinnerung, keine Babys, denen sie so gerne ihre eigene Wärme zum Leben abgegeben hätte.

Dann zeitlich etwas später, wie im Nebel liegend, tauchte dieses wohltuende Gefühl in ihr auf. Als sie vom Tanz, etwas berauscht, aber doch sentimental gestimmt, spät abends nach Hause kam und ihre Mutter aber noch wach im Sessel sitzend fern schaute. Sie sich dann ganz nah an sie dazusetzte und etwas von ihrer Körperwärme wahrnehmen konnte. Das empfand sie so wohltuend für sich. Ob dieses nochmals wiederkehren würde?

Es dauerte eine Zeit, bis sie sich wieder stark fühlte. Im Spiegel betrachtend fand sie sich noch immer hübsch erscheinend. Sie war schon von je her etwas von sich selbst eingenommen.

Sie besprach mit ihrer Mutter, dass sie noch das Interesse habe, ein Studium zu beginnen. Betriebswirtschaft würde ihr sicherlich Spaß machen. Die Mutter fand dies gut, da sie der Überzeugung war, dass auch Frauen einen ordentlichen Beruf haben sollten. Es waren dazu zu dieser Zeit auch immer mehr Frauen bereit.

Sie bekam auch einen Studienplatz an einer Fachhochschule.

Sie war sehr lerneifrig. Es mussten aber auch sehr viele Klausuren geschrieben werden. Sie versuchte, das Beste daraus zu machen. Doch bei diesen Klausuren, angespannt wie sie war, kam in ihr immer wieder so ein kribbelndes Gefühl im Unterleib auf und sie konnte ihren Harndrang nicht zurückhalten. Es tröpfelte dann ein wenig in ihren Schlüpfer. Dabei verlor sie ganz und gar ihre Konzentration, die Fragestellungen richtig beantworten zu können. Irgendwie, dachte sie, ging es schon recht merkwürdig in ihr zu. Im Unterleib hatte sie ein Glücksgefühl. Doch in ihrem Kopf war alles leer. So wie tote Hose, schmunzelte sie in sich hinein. So erhielt sie dadurch auch immer wieder sehr schlechte Noten. Hinzu kam, dass die Dozenten ihren vortragenden Lehrstoff didaktisch sehr schlecht vermittelten. Ihr Interesse an diesem Studium verflachte dadurch zusehends.

Mit diesen gemachten Erlebnissen zog sie sich in ihr Zimmer eines Wohnheimes zurück. Sie versuchte, die Fachliteratur zu begreifen. War aber dazu nicht sehr motiviert. Kam sich alleingelassen vor. Um dieses zu umgehen, begab sie sich häufiger in die gemeinschaftliche Küche. Dort hielten sich andere auf.

Auch ein Student suchte zu ihr immer wieder den Kontakt. Er war ihr aber nicht sehr sympathisch. Im Wuchs eher klein geblieben, hatte er dazu auch ein fleischiges, nicht sehr schön geschnittenes Gesicht mit feinem, etwas rötlichem Haarwuchs. Was ihr aber gefiel, war, dass er ihr gut zuhören konnte. Mit seinen Antworten konnte sie was anfangen. Er schien sehr mitfühlend zu sein. Dabei wurden in ihr die Erinnerungen an diesen sehr impulsiven Südländer wieder wach. Mit einem Gefühl der Lust dachte sie daran, wie sie auch immer wieder, in ihren Ausschweifungen, gefangen gesetzt wurde. Dieser kleine Student hatte sicherlich eine ganz andere Einstellung gegenüber Frauen.

Dann hatte sie Bilder vor sich, kommend aus Asien, wo jaulende Hunde geschlachtet und sogar als Delikatesse verspeist wurden. Ob wohl ihre beiden Ungeborenen auch einen ähnlichen Weg gehen mussten? Es gab ja, so hatte sie es im Religionsunterricht mitgeteilt bekommen, eine Hölle und ein Paradies. War sie in lustiger Studentenrunde, dann scherzten einige Übermütige anspielend, dass nur die Engelchen in den Himmel kämen und die Bengelchen auf Erden weiter ihr Dasein fristen müssten und meist woanders landeten.

Dann wagte sie es doch, sich mit einigen sehr forsch auftretenden Studenten geschlechtlich zu vereinigen. Ihre Schmerzen dabei überstiegen meist ihr Lustempfinden. Mit diesem, um sie sehr bemühten, unattraktiven Studenten blieb sie aber nur in platonischer Verbindung. Wenn doch mein Herz für ihn tiefer empfinden könnte, dachte sie so bei sich.

Ihre Schmerzen im Unterleib, ein Ziehen in die rechte Leistengegend hinein, blieben. Sie nahmen sogar immer mehr zu. Verschwanden auch des Nachts nicht und rissen sie immer wieder aus ihrem Schlaf. Danach verfiel sie meist ins Grübeln und konnte nicht mehr einschlafen.

Sie fragte ihre Mutter. Die gab ihr einen Beutel voll mit Zinnkraut. Diesen sollte sie vor dem Zubettgehen warm machen. Ihn dann eingewickelt auf ihre schmerzende Stelle legen.

Es war wie ein Wunder. Denn es brachte ihr einen wohltuenden Schlaf ohne Schmerzen. Ließ sie den warmen Sud aber weg, dann traten wieder die gleichen Beschwerden auf. Auch hatte sie in ihren Schlafphasen diese seltsamen, aber doch ihre angstbereitenden Träume. Da war er, dieser dunkle Tunnelschlund, fast ohne Ende. Ja, und dort immer wieder so ein heimlich winkendes Wesen.

Irgendwann hielt sie es nicht mehr länger aus. Ließ sich von einer sehr ernsthaft wirkenden Ärztin untersuchen. Im Gespräch mit ihr meinte diese dann, vorgetragen ohne Emotionen, sie habe bestimmt einen Tumor im Bauch. Das hätten viele dieser Frauen, die sich für einen Fötenabort entschieden hatten. Sie nannte diesen medizinischen

Fachausdruck. Sicher mit der Absicht, dass die Patientin sie nicht richtig verstehen sollte.

Für sie wirkte diese Aussage aber doch wie eine traumatische Ohrfeige. Nun hatte sie immer mehr Schwierigkeiten, trotz aufkommender Müdigkeit einschlafen zu können. Das gelang meist langwierig, erst vor Tagesanbruch. Wirkte sich bei ihr in einer Tagesabgeschlagenheit aus. Doch sie musste ja auch den alltäglichen Verpflichtungen nachkommen.

Dann traf sie zufällig auf diesen kleinen Studenten. Es kam für beide zu einer angenehmen Unterhaltung. Ihre Gefühlseingebung riet ihr auch dazu, mit ihm doch auch mal über ihre gesundheitlichen Beschwerden zu sprechen, da er doch immer wieder sich als ein guter Zuhörer bewiesen hatte. Er lud sie ein, mit auf sein Zimmer zu gehen. Sie willigte etwas zögernd ein. Sein Wohnraum war voller elektronischer Geräte. Er habe beruflich vor, Programmierer zu werden. Alles war verkabelt.

Sie erzählte ihm von ihrem Kummer, den sie so verletzenden Aussagen dieser Ärztin, von ihren düsteren Träumen und dass sie nachts, wenn sie ihres Schlafes beraubt werde, umherwandle. Wie ein Nachtgespenst, betonte sie etwas scherzhaft und berührte ihn absichtlich mit ihrer Hand. Er neigte daraufhin sein rötlich beflecktes Gesicht zu

ihr hin. Sie verspürte dabei seinen süßlichen Haut-
geruch. Wie der Geruch einer überreifen Banane
dachte sie so.

Nun überkam sie der Drang, mit ihm zu schlafen. Erfahren wie sie war, legte sie ihre Hand in
seinen Schoß und schaute zu ihm hin. Dann griff
sie nach seinem Hosengürtel. Öffnete ihn und seinen Hosenschlitz. Er regte sich nicht. Dann fühlte
sie nach seinem Glied. Es war nicht aufgerichtet. Sie
wollte weiter. Zog ihre Unterwäsche aus. Nahm
seine Hand und führte diese zu ihrer Scheide, auf-
legend auf ihren Kitzler. Doch ihn schien dies alles
anscheinend nicht zu erregen. Sie zog ihm seine
Hosen herunter. Nahm sein Glied behutsam in ihre
Hände. Rieb es ein paar Mal hin und her. Doch es
erregte ihn anscheinend wieder nicht. Dann nahm
sie es weiterhin und streichelte es immer wieder an
ihren Schamlippen entlang. Sie spürte etwas Feuch-
tes. Doch es roch seltsam, so nach Urin. Sie schaute
dann, sicherlich mit enttäuschendem Ausdruck, zu
ihm hin. Er sagte daraufhin, dass er eigentlich mehr
Seinesgleichen lieben könne.

Sie hatte verloren. Ließ sich es aber nicht gleich
anmerken, und sie sprachen dann noch in ange-
nehmer Weise miteinander.

Dann ging sie auf ihr Zimmer. Jetzt hatte sie tatsächlich auch erleben können, dass es unter den

Menschen verschiedenartige Neigungen gibt, in ihren Gefühlen, Triebbedürfnissen. Für eine gleichgeschlechtliche Beziehung, so fühlte sie, konnte sie sich aber doch nicht so recht begeistern. Die Nacht wurde wieder zum Albtraum.

Sie ging nochmals zu ihrer Mutter. Die riet ihr, nicht so große Angst vor dieser Schlaflosigkeit zu haben. Das stelle sich wieder ein. Sie solle sich nur nicht darüber aufregen. Dann gab sie ihr noch Johanniskrauttee mit, der beruhigen sollte.

Ihr Leben erschien ihr aber immer qualvoller.

Sie traf dann auch wieder diesen kleinen Studenten. Hatte wieder das Bedürfnis eines Gespräches. Erzählte ihm nochmals, dass sie so leide und auch wieder von den Träumen. Er hörte duldsam, wie immer, zu. Dann riet er ihr doch, lieber mal in eine Psychiatrie zu gehen. In der Stadt gebe es eine Klinik. Sie solle sich dort gründlich abchecken lassen. Von echten Fachleuten, die etwas von ihrem Handwerk verstünden. Mal richtig vertrauensvoll sich in deren Arme fallen lassen. Sie kennten sich auf diesem Gebiet bestens aus. Das sei besser, als sich von gut gemeinten, aber doch laien- oder auch quacksalberhaften Vorschlägen einlullen zu lassen. So würde er jedenfalls handeln, wenn er krank werden sollte, betonte er.

Seine Äußerungen hatten sie beeindruckt. Er

war bestimmt ein umsichtiger, modern denkender Mensch.

Sie besprach auch nochmals alles mit ihrer Mutter. Die hielt nichts von diesen Schulmedizinern. Das seien doch meist die besseren Pharmavertreter, so argumentierte sie. Sie solle doch lieber wieder zu ihr ziehen. Vereint könne ihr das bestimmt guttun.

Es kamen wieder diese scheußlichen Nächte und Träume auf sie zu. Nun hatte sie auch am Ende dieser Höhle dieses Wesen erblickt, das ihr einladend zuwinkte. Es wirkte gar nicht so bedrohlich, sondern eher hoffnungsvoll auf sie.

Mit bangem Herzen rief sie dann doch bei der Klinikambulanz an und schilderte kurz ihr Anliegen. Man werde zurückrufen, wurde ihr geantwortet. Den nächsten Tag kam der Anruf. Sie könne stationär aufgenommen werden. Sie solle die notwendigen Sachen zusammenpacken und dann kommen. Ihre Mutter informierte sie nicht.

Bei ihrer Aufnahme musste sie sich vollkommen entkleiden. Dann wurde ihr eine Kabine zugewiesen mit dem Hinweis, dass die untersuchende Ärztin gleich kommen werde. Während ihres Wartens verspürte sie ein lustvolles Gefühl in ihren Lenden, da sie so nackt den anderen ausgeliefert war. Sie dachte an ihren Südländer und dass sie sich häufig lustgewinnend gegenseitig in der Vorratskammer wegeschlossen hatten. Ihre Brustwarzen zeigten sich dabei ganz angespannt.

Es kam eine junge, sehr freundlich lächelnde Ärztin. Sie berichtete dieser so alles von ihrem Leiden. Von ihren Unterleibsschmerzen, den Aussagen der Frauenärztin, von ihren seelisch-körperlichen Beschwerden. Es wurde ihr Bauch abgetastet. Dabei meinte die Ärztin, sie könne nichts Hartes tasten.

Ja, und ihre Schlafstörungen mit diesen Träumen, könnten diese geheilt werden?

Ja, bestimmt, entgegnete die Ärztin. Sie habe dafür ein gutes Mittel, ein Schlafmittel, das ihr helfen werde, so gut wie Dornröschen zu schlafen.

Beide mussten lachen. Dies tat ihr gut! Dann wurde sie noch, nach weiterer Geräteuntersuchung, zu einer Psychologin gebracht. Die befragte sie ausführlich nach ihrem Gefühlszustand. Nach diesen Traumbildern, und ob sie dieses Wesen auch tagsüber sehe.

»Manchmal ja, mit einem Gefühl, dass es mich nicht loslassen will«, antwortete sie.

Als sie sich zur Nachtruhe begab, bekam sie eine Tablette zum Einnehmen. Schlief auch schnell ein. Sogar ohne Unterbrechung, bis in die frühen Morgenstunden. Es kam ein Pfleger, der sie im barschen Ton zum Aufstehen aufforderte, und sie solle nun ja nicht ihre Morgentoilette vergessen, betonte er. Sie hatte noch eine Zimmernachbarin, die ausdauernd vor sich hinstarrte, aber auch nichts sagte. Als sie dann aufstand, hatte sie so ein merkwürdiges Gefühl in ihrem Kopf. So, als wenn sie keine Minute geschlafen hätte. Aber sie hatte doch in den Schlaf gefunden. Seltsam wirkend, wie mit einer Droge berauscht. Einen Rausch ohne etwas Erholsames, Kraftaufbauendes, Reinigendes.

Das erzählte sie einer der diensthabenden Schwestern. Sie konnte ihr helfen und gab ihr eine vitaminhaltige Tablette zum Klarwerden in ihrem Kopf.

Sie nahm nun jeden Abend dieses Schlafmittel und morgens diese Tablette zum Aufmuntern.

Tagsüber hatten sie ihr Programm. Sie wurden gruppenmäßig mit Bastelarbeiten und Ausmalen von Bildfragmenten beschäftigt. Dazu gab es eine Gesangsrunde, und ein Geistlicher kam zum Einzelgespräch. Dies hatte sie einmal wöchentlich mit der Psychologin. Dann gab es auch eine große Visite mit dem Chefarzt. Ein Mann mit einem prall aussehenden Bauch. Der immer ganz abgehoben seinen Monolog führte und seine Anweisungen an seinen Adjutanten, wie gemurmelt, weitergab. Nach zwei Wochen wurde ihr dann mitgeteilt, dass man ihre Medikamente umstelle. Sie erhalte etwas Neues, das sie gut schlafen lasse. Welches auch ihre

Vorstellungen dieser dauernden Verfolgungen durch dieses Wesen am Ende des Tunnels verdrängen werde.

Das machte sie doch nun etwas skeptisch. Sie fragte nach dem Namen des Mittels. Der sei so kompliziert. Den behalte sie sowie so nicht, wurde ihr gesagt. Es sei ein Psychopharmakon. Das Neuste, was es so gebe, und auch gut verträglich. Nebenwirkungen seien nicht bekannt.

Beim Besuch ihrer Mutter erzählte sie dieses. Die Mutter wusste gleich Bescheid und sagte, das sei ein Neuroleptikum. Ein scheußliches Zeug, das abhängig macht, die eigene Persönlichkeit verändert und organische Schäden erzeugen kann.

Sie fragte auch die Psychologin, und diese meinte, dass ihre Mutter keine Ahnung habe. Das Mittel sei gut zur Schärfung des Realitätssinnes.

Sie hatte nun ihre Zweifel. Überlegte aber, auch berücksichtigend, was dieser Student ihr geraten hatte, dass sie die Vertrauensbasis zu diesen Fachleuten nicht zerstören solle. Sie hätten bestimmt auch ein Interesse, auf deren Art, ihr zur Gesundung zu verhelfen. Aus diesen Überlegungen heraus entwickelte sie den Plan, sich hier angemessen zu verhalten. Den Aufenthalt in der Klinik so schnell wie möglich hinter sich zu bringen. Mit einem Arzt wollte sie dann von den Tabletten wegkommen. Sie ausschleichen und mit Hilfe ihrer Mutter, dachte sie so, einen anderen Lebensstil sich zulegen.

Der Tag kam, dass sie entlassen wurde. Ihr wurde ein Schreiben, verschlossen in einem Briefumschlag, an den sie dann weiterbehandelnden Arzt ausgehändigt. Sie öffnete diesen Brief, obwohl man ihr eindringlich gesagt hatte, dass dieses nicht gestattet sei. Neugierig, um aber auch genauer zu erfahren, welche Krankheit ihr die Ärzte diagnostiziert hatten. Sie las, dass sie eine affektive Psychose aus dem schizophrenen Formenkreis habe. Sie war darüber sehr schockiert. Schizophren, das waren doch, so wie sie gelesen hatte, Wahnvorstellungen oder auch ein Realitätsverlust. Das konnte doch unmöglich auf sie zutreffen. Sie hatte zwar immer diese Erscheinungen in diesem Tunnelende. War aber davon überzeugt, dass sie klare Gedanken fassen konnte und diese Träume doch mehr aus für sie nicht angenehmen Erlebnissen stammten.

Sie verschloss dann wieder den Brief und suchte einen Psychiater auf. In seinem Sprechstundenzimmer war ein heilloses Durcheinander. Auf der Fensterbank standen einige vertrocknete Blumen. Sie dachte so bei sich, dass dieser Arzt sicherlich auch kein großes Interesse haben konnte, menschliches Gedeihen zu fördern. Der Doktor war nicht sehr gesprächig. Hörte sich meist an, was sie so berichtete und las immer wieder in dem mitgegebenen Arztschreiben.

Ihre Vorstellungen, so schnell wie möglich diese Tabletteneinnahme zu beenden, zerrann immer mehr. Vor allem, als er bemerkte, dass diese Medikamente doch gut seien, um von diesen bösen Gedanken wegzukommen. Es schade doch nicht, dieses Neuroleptikum längere Zeit weiter einzunehmen.

Sie fand kein Vertrauen zu diesem Arzt. Sie hatte aber auch eine große Angst in sich, eigenmächtig dieses Mittel zu reduzieren, da ihr immer wieder diese quälende Schlaflosigkeit vorschwebte, mit all diesen leidensvollen Nebenerscheinungen. Sie versuchte es dann doch, in eigener Entscheidung. Reduzierte mit einem Messer Stück für Stück die Tablettengröße.

Es entstand für sie nun ein schrecklicher Tages- und Nachtablauf. Hatte sie zu viel von der Tablette abgeschabt, schon bekam sie Panik, wieder nicht schlafen zu können. Dazu hatte sie überall, wechselnd in ihrem Körper, auftretende Schmerzen. Es kam wieder die Überzeugung in ihr hoch, dass es womöglich doch eine Geschwulst mit Metastasen sei. Es war schon wie ein Teufelskreis.

Ihre Mutter gab ihr dann eine Adresse eines anderen Psychiaters. In seiner Sprechstunde war er gleich entschieden dagegen, dass sie dieses Mittel weiter einnahm. Das sei giftig wie Chlor und würde viele Körperorgane zerstören. Er gab ihr ein Antidepressivum. Immerhin hatte sie jemanden, der ihre Wünsche mit unterstützte, so empfand sie es. Sie hatte mit dem neuen Mittel auch keine Schlafstörungen. Doch dieses seltsame Traumerlebnis tauchte immer wieder auf.

Sie war mittlerweile auch wieder zu ihrer Mutter gezogen. Die Wohnung eignete sich für zwei Personen. Ihre Mutter überzeugte sie, von diesen Naturheilmitteln einiges zu nehmen. Mit Wirkungen zum seelischen Ausgleich, für einen besseren Schlaf und auch zur Stabilisierung ihres Immunsystems. Betonte aber immer wieder, diese Sachen langzeitig zu nehmen, sonst würden sie keine Wirkung erzielen. Dazu überzeugte diese sie auch, mit zu einem Schamanen zu gehen. Mitzumachen beim Tanzen, zur Reinigung ihres Innenlebens.

Sie wurde aber doch mit der Zeit etwas ungeduldig, weil sie keine gravierende Besserung ihres Zustandes verspürte.

In dem Tanzkurs freundete sie sich mit einem schon etwas älteren, aber von seinem Äußeren noch jugendlich erscheinenden Mann an. Er überredete sie, in seiner Wohnung mit ihm unbekleidet körperkontaktierende Tänze durchzuführen. Das sei eine Tantra-Weisheit. Diese lösten gut die innerlichen Verkrampfungen, da die Triebe, die ja in den Menschen sind, sich entfalten könnten. Das befreie das Innere kolossal.

Es war wirklich für sie sehr heilsam. Vor allem, wenn sie beide bei Trommelklängen in einen ekstatischen Zustand verfielen. Es wurde dabei richtig ihr Bewusstsein ausgeschaltet. Sie fühlte sich wie ein Vogel, in die Luft gehoben und davonfliegend. Danach hatte sie das Gefühl, sich an nichts erinnern zu können.

Dann traf sie auch nochmal diesen homophilen Studenten. Er hatte sein Studium mit Erfolg abgeschlossen und voraussichtlich sollte er auch eine Arbeitsstelle als Programmierer erhalten. Sie gingen zusammen in ein Café, und er schwärmte, überraschend für sie, von ihrem damaligen gemeinsamen Näherkommen.

Sie fragte ihn, ob er noch immer mehr für Männer schwärme? Er verneinte, mit der lustigen Bemerkung, nur für sie zu schwärmen. Man könne doch zusammenbleiben. Sie könne die männliche Rolle übernehmen, und er sei dann ihre Frau. Sie schmunzelte darüber. Seine Mutter habe sich ihm gegenüber auch so verhalten. Sie sei immer sehr streng zu ihm gewesen. Diese Erlebnisse einer strengen Behandlung säßen nun in ihm. Es bereite ihm eine echte Freude.

»Das Spiel können wir mal ausprobieren«, gab sie lachend zurück. Sie brauche nur etwas mehr Übung darin. Das sei ja was gänzlich Neues für sie.

Sie gingen dann doch beide in seine Unterkunft. Er gefiel ihr als Mann, von seinem Äußerlichen, noch immer nicht. Sie kamen sich näher und vereinigten sich sogar. Sie verspürte auch seinen Samenerguss. Dann wollten sie sich weiterhin treffen. Er rufe sie an, sagte er.

Doch es verging doch eine längere Zeit, und sie stellte fest, dass ihre Periode ausblieb. Sie fragte erst den Psychiater, ob diese ein Zeichen einer Schwangerschaft sei. Er meinte aber, dass es auch mit der Einnahme der Psychopharmaka zusammenhängen könnte. Es gebe ja so etwas wie eine Scheinschwangerschaft.

Doch sie wollte es genau wissen. Ließ bei einem Frauenarzt einen Schwangerschaftstest machen. Dann erhielt sie telefonisch die Nachricht, dass sie im dritten Monat in anderen Umständen sei.

Nun war es doch wahr geworden, nach dem sie sich insgeheim immer gesehnt hatte. Sie trug ihr Kindlein unter ihrem Herzen. Nur war ihr nicht ganz klar, von wem sie diesen keimenden Samen in sich erhalten habe.

Sie dachte an ihre Kindheitserlebnisse. Und dass sie den Wunsch gehabt hatte, nicht nur eine Mama, nein, auch einen Papa zu haben. Um von ihrem Vater zu erfahren, wie ein Mann fühlt, denkt, spricht. Auch später ihn um Rat zu fragen und auch, was denn im Leben so alles wichtig sei. Von ihrem Vater hatte sie das alles aber nicht erfahren können. Sie dachte nun so bei sich, dass ihr Kind dieses später doch alles haben sollte.

Motiviert daraus, rief sie diesen Studenten an. Teilte ihm mit, dass sie ein Kind erwarte. Von ihm! Es wurde ganz still an der Hörmuschel. Dann meinte er, dass man sich doch mal, auch zum Wiedersehen, treffen solle.

Sie kamen bei ihm wieder zusammen. Sie vernahm, dass sich in seiner Kochnische noch eine Person aufhielt.

Sie sprachen über ihre Schwangerschaft. Er machte dabei einen sehr blassen Eindruck. Dann sagte er leise, aber auch ernst, dass sie durch ihn nicht schwanger geworden sei.

»Ja, aber, wir hatten doch etwas miteinander«, hörte sie sich antworten.

Ja, das stimme. Doch er könne gar nicht, niemals Vater werden, weil er unfruchtbar sei. Er habe nur ganz winzig entwickelte Hoden. Das könne er mit einem ärztlichen Befund belegen.

Sie schaute ihn an. Sein etwas fleischiges unschönes Gesicht. Dann fühlte sie in sich eine Distanz ihm gegenüber und meinte, dass jemand anderes auch der Erzeuger des Kindes sein könnte.

Ja, wer es denn noch sein könne, wollte er wissen.

Ach, sie begegne da noch laufend jemandem mit hellem Gesicht und sehr kraftvoll erscheinendem Äußeren.

Wie er denn nun heißen würde? Das wolle sie nicht verraten.

Die Person in der Küche servierte ihnen noch eine Tasse heißen Kaffee. Stellte sich als sein Bruder vor.

Sie meinte dazu, etwas ironisch, dass er einen netten Bruder habe. Sie plauderten noch eine Weile. Dann ging sie.

Für immer! Auch mit den Gedanken, dass es sich nun wirklich nicht lohne, um diesen Mann zur Anerkennung einer Vaterschaft zu kämpfen. Sie lasse ja etwas Warmes, Lebendiges gedeihen, welches ihr sicherlich auch die Einsamkeit nehmen werde.

Bei ihrer Mutter wohnend, lebte sie nun von der Sozialhilfe. Geringfügig hatte sie noch einen kleinen Verdienst in einer Buchhandlung. Sortierte dort die Bücher und anderes in die Regale ein.

Ihre Schwangerschaft tat ihr organisch, aber auch stimmungsmäßig sehr gut. Immer wieder spürte sie die angenehmen Zuckungen des Werdenden in ihrem Unterleib.

Das Kind kam zur Welt. Es war ein Junge in dunkler Tönung.

Sie gab ihm reichlich von ihrem lebensspendenden Saft. Der Kleine strampelte häufig ganz heftig. Es überkam sie immer ein Gefühl der Freude, dies mitzuerleben.

Nun lebten sie zu dritt in einer nicht sehr großen Stadtwohnung. In ihr kam auch ein zufriedenes Lebensgefühl auf. Ihr Kind war sehr lustig in seinem Verhalten und versuchte immer wieder, neue Wörter und Sätze zu erlernen. Auch ging er sehr gerne in die Kindergruppe. Ihr Kind wuchs heran.

Dann, an einem schönen Frühlingstag zuhause, rief er nach ihr. Hätte so einen großen Durst. Er wolle gerne ein Glas Milch. Als er davon trank, fing er auf einmal an zu husten. Das Atmen fiel ihm dabei schwer. Nachts legte sich der Husten auch nicht. Sie legte sanft ihre Hand auf seine zarte Stirn. Sie fühlte sich fiebrig an. Sein Rücken schmerze ihm auch so, wie er jammerte. Sein Körper wurde immer heißer. Sie hielt es vor Angst, dass hier etwas Schreckliches geschah, nicht mehr länger aus. Wickelte ihren kleinen Sohn in eine Decke und schleppte sich mit ihm in die nahe Aufnahme des städtischen Krankenhauses. Ein Arzt kam gleich, schlug die Decke auf und horchte seinen Brustkorb ab. Dann berührte er noch die Augenlider des Jungen. Schaute folgend zu einer Krankenschwester. Wandte sich dann an sie, die Kindesmutter, und meinte, ob sie unterwegs nichts gemerkt habe. Nichts Schweres? Sie verneinte. Nach kurzer Überlegung meinte sie, dass sie so das Gefühl hatte, dass sich irgendwas verändert habe. Veränderung, das sei das richtige Wort, vernahm sie von Weitem die Schwester. Es hat ein Ende, kann aber auch wieder einen Anfang in sich tragen.

Sie blieb noch. Alles war still. In der frühen Morgenstunde ging sie. Ihre Augen, verwaschen mit Tränen, vernahm sie den Morgengesang der Vögel.

Nun stand sie da. Der Abend berührte schon das Umfeld. In folternder Traurigkeit zündete sie die Kerze des Grablämpchens an. Es gab einen schwachen Strahl von sich. Demutsvoll begab sie sich auf eine nahestehende Bank. Schaute mit verschwommenem Blick hin zu dem Licht. Vernahm zu ihrem Erstaunen, als ob das Lichtlein sie anlache. In heiterer Art und Weise. So schien es ihr jedenfalls. Als es dunkler und ihr kalt wurde, ging sie weg.

Der Schmerz ihres Verlustes brannte in ihrem

Herzen. Sie überlegte so bei sich, was sie eigentlich noch hier auf dieser Erde festhalte? Es war doch nichts mehr. Nichts da, was noch eine Zukunft für sie haben könnte. Vielleicht, dass ihr Sohn irgendwann doch zu ihr noch was sagen werde. Das war so ihre Hoffnung. Sie fand sich wieder, in die Stille ihres Zimmers hineinhorchend. Aber nichts, nicht geschah.

Seltsamerweise fand sie aber des Nachts ihren Schlaf. Er wirkte für sie wie Balsam.

Als sie aus der Buchhandlung auf dem Heimweg war, sprach sie mit zwei glaubensfesten Menschen. Sie erzählte ihnen von dem Tod ihres Sohnes. Sie sagten ihr, sie solle daran nicht verzweifeln. Ihr Kind sehe sie wieder, denn das Paradies, für alle hier auf Erden, rücke immer näher. Für alle?, meinte sie. Ja, für die, welche an den Herrn glauben. Doch sie habe keinen Glauben, antwortete sie. Das werde noch alles kommen, meinte eine der Personen und zitierte einige Sätze aus der Bibel. Dort könne man alles, alles erfahren. Das, was war, was jetzt ist und was kommen werde. Sie solle im Gebet zu Gott finden, dann werde er ihr auch einen Weg zeigen.

Sie ging weiter. Alleine den Tag verbringend, auf ihrem Zimmer. Sie las ein Buch mit dem Titel der Trauer- und Angstbewältigung. Um das zu erreichen, musste man erst selbstbewusst und stark werden. Nur, wie kam man dorthin?

In der folgenden Zeit ließ sie sich immer wieder in einer Kirche nieder. Auf einer Bank sitzend, bat sie ihren lieben Gott, wie sie ihn in ihren Kinderjahren genannt hatte, um Rat und Hilfe. Von draußen quoll der Autolärm in das Kirchenschiff.

Sie fand einfach nicht den richtigen Weg. Ihren Weg, den sie gehen sollte.

Einmal sah sie zufällig aus dem Fenster und entdeckte dort auf dem Brett eine kleine Meise, die flink und emsig umherhüpfend nach Körnern suchte. Es wirkte für sie wie eine Erleuchtung. Das war ja ein Inhalt, der einen Lebenssinn mit sich brachte. In der Suche, in der Beschäftigung dafür zu sorgen, dass man satt werde, genügend zu essen, ein warmes Heim habe, dann träfe man sicherlich auch die Liebe, die ihr ja so fehlte, wieder.

Sie fragte in der Buchhandlung nach einem höheren Arbeitseinsatz, und man bot ihr eine volle Stelle als Verkäuferin an. Das war für sie eine Perspektive. Es füllte sie eine Zeitlang aus. Es gab ihr einen Sinn. Doch es überkam sie wieder dieses Einsamkeitsgefühl, dieses Verlassensein. Sie dachte an ihre Arbeit, an dieses viele Papier, das irgendwie auf sie wirkend, trocken und stumm sich ihr zeigte. Es war nichts, was sie hätte erfüllen können.

Zuhause, als sie auf dem Sofa ruhte, schaute sie wieder zu dem Fenster hin. So, als wenn sie dort etwas finden würde. Ja, es geschah auch etwas. Es tauchte diese Helle auf. Es winkte ihr sogar zu. Zeigte ihr ein aufgeschlagenes Buch, in dem ein Wort hervorstach. Sie buchstabierte: Glaube! Dann war es verschwunden. Sie konnte nicht genau einschätzen, ob es nun ein Phantasiebild oder real war und drehte sich liegend auf die andere Seite. Mit ihrem Rücken zum Fenster.

Nachts hatte sie wieder einen unruhigen Schlaf. Träumte auch, wie sie sich tagsüber erinnerte, von diesem dunklen großen Tunneleingang. Sah auch wieder das Ende mit dem lichten Punkt.

Auch kam sie sich im Tagesablauf wieder sehr schwach vor.

Ja, und dann hatte sie in einem Waldgebiet, das sie mit ihrem Fahrrad durchfuhr, so etwas wie eine Vision. Es konnte auch nur ein Gedankenspiel sein, hervorkommend aus ihrer Gefühlslage. Nachdem sie auf einer Bank Platz genommen hatte, erblickte sie es: Sie befand sich an einer Weggablung. Konnte dadurch tief, fast ohne Ende in einen vor ihr einmündenden Weg hineinsehen. Ganz, ganz weit weg. Da meinte sie, in dieser Tiefe ein Schiff zu erkennen, mit offenem Ruderstand, an dem der Steuermann stand.

Ja, und dann wurde sie überrascht. Im Schutze des Steuermannes, vor ihm stehend abgesichert, meinte sie, ihren kleinen Sohn zu erkennen. Beide hielten das Ruder und schauten ernst und angestrengt in die Ferne. Sie rief dann nach ihm, streckte ihren Arm nach ihm, als wenn sie ihn auffordern wollte, zu ihr, doch wieder zu ihr, zu seiner Mutter zu kommen. Dann spürte sie an ihrer Schulter eine Berührung. Es war ein freundlicher Mann, der, in Sorge um sie, sie aus ihrem Schlaf zurückholte. Er fragte noch, ob alles in Ordnung sei. Sie nickte bejahend und fuhr dann mit ihrem Rad weiter.

In der Nacht war es wieder da. Dieses winkende Wesen am lichten Ende des Dunkels.

Ja, und dann, sie hatte es fast schon vergessen, räumte sie in der Buchhandlung Bücher ein. Darunter befand sich auch eine Bibel. Sie blätterte in ihr etwas herum. Da tauchte auf einer Seite der Satz auf: »Glaube, Hoffnung, Liebe. Doch die Liebe ist das Höchste unter den Dreien.«

Ja, das ergab eine Aufgabe für sie! In Hoffnung zu sein, die Liebe zu finden. Nur mit dem Begriff »Glauben« hatte sie so ihre Zweifel. Wissen und Glaube, waren die sich nicht konträr? Für sie war es schon immer wichtig gewesen, sich ein hohes Wissen anzueignen. Desto mehr Wissen beim Menschen war, desto besser gelang es ihm doch, selbstbewusster zu handeln. Mit dem Glauben alleine konnte das ja nicht so ohne Weiteres zu erreichen sein. Denn Glaube hieß doch, nicht zu hinterfragen, nicht der Suchende zu sein. Nein, es war ja nur das Vertrauensvolle, einfach dem zu folgen, der allwissend sein sollte. Man sollte passiv und nicht aktiv sein. Aber vielleicht irrte sie sich auch, überlegte sie.

Jedenfalls hatte sie sich nun zur Gewohnheit gemacht, jeden Morgen die Bibel aufzuschlagen, um sich dann von dem auftauchenden Text überraschen zu lassen und auch zu deuten, dass tagsüber vergleichsweise ihr Ähnliches geschehen werde. Vielleicht als Gottes Deutungen.

Sie suchte nun damit den Kontakt zu den Menschen, in allen ihr bietenden Situationen. Die meisten hörten ihr schon zu. Doch irgendwie spürte sie, dass doch ein entgegenkommendes Interesse der anderen meist nicht da war, mit ihr zu reden. Irgendwie mochten sie das nicht. Sie bekam den Eindruck, dass viele auch sich davor scheuten, irgendetwas Mögliches von sich selbst preiszugeben. Vor allem die männlichen Personen waren meist sehr reserviert.

So leicht war es nun doch nicht für sie, mit dieser Art und Weise eine nähere Bekanntschaft zu machen. Vielleicht wirkte sie auch nicht mehr so attraktiv wie in der Vergangenheit. So waren ihre Gedanken. Sie forschte intensiv in ihrem Spiegelbild nach ihrem Aussehen. Sie meinte, dass sie eine blasse, grau-grünlich schimmernde Gesichtsfarbe mit einem etwas traurigen Blick bekommen habe. So genau konnte sie das aber nicht einschätzen.

An einem Arbeitstag hatte sie schon nach dem Aufstehen ein kraftloses Gefühl in ihren Beinen. Dann, in dem Buchladen, überfiel sie ein Schwindel, und sie fiel in Ohnmacht. Klappte einfach in sich zusammen.

Mit dem Krankenwagen hingebracht, wurde sie in der Klinikambulanz aufgenommen. Man untersuchte sie ohne negatives Ergebnis. Der Ärztin erzählte sie so beiläufig, dass sie schon mal als Patientin in der Psychiatrie gewesen sei. Man nahm sie vorsichtshalber stationär auf. Dann wurde ihr nach einem Tag mitgeteilt, dass sie zur Beobachtung doch nochmals in die Psychiatrie verlegt werde. Sie wollte nicht so recht. Ließ sich aber überreden, damit eine doch zu vermutende schwierige Erkrankung somit ausgeschlossen werden konnte.

In der Psychiatrie hatte sich einiges verändert. Die Ärzte waren andere, auch das Pflegepersonal. Diesmal war es ein älterer Psychiater mit einer weich klingenden Stimme. Doch seine Augen wirkten schon etwas abgeflacht.

Er sagte gleich zu ihr, dass er ihre psychischen Symptome kenne. Er habe sich nämlich ihre im Archiv abgelegte Patientenakte kommen lassen. Da könne man ja so alles über ihre Krankheit nachlesen. Es brauche wohl nun eine lange Zeit, dass sich da was ändern werde.

Sie bereute nun, in der Ambulanz gesagt zu haben, dass sie schon mal hier gewesen sei. Einem auf der Station sie betreuendem Sozialpädagogen teilte sie ihren begangenen Fehler mit. Vielleicht auch in der Hoffnung, in ihm einen Verbündeten zu finden. Dieser sagte ihr aber, dass er gegen die Festlegung des Arztes nichts machen könne. Sollte sie aber nach ihrer Klinikentlassung weiter den Wunsch haben, dann werde er sie gerne aufsuchen und auch mit ihr beratschlagen, was hilfreich und angemessen für sie sei. Sie gab ihm darauf keine Antwort. Er hatte dabei das Gefühl, ihr etwas Falsches geraten zu haben.

Sie besprach alles mit ihrer Mutter. Diese wandte sich auch sofort an die Stationsleitung, dass man ihre Tochter doch so schnell wie möglich entlassen solle. Man war damit einverstanden, wandte aber ein, dass diese momentan suizidgefährdet sei und somit noch kurze Zeit bleiben müsse, bis sich alles stabilisiert habe. Es wurden daraus aber doch noch etliche Wochen in dieser psychiatrischen Klinik.

Als sie danach wieder zurückkam, wirkte sie auf ihre Mutter vollkommen verändert. Sie hatte an Körpergewicht zugenommen. In ihren Gefühlen wirkte sie seltsam versteinert. Konnte in den Gesprächen gar nicht so recht mitschwingen. Auch sprach sie nicht mehr so flüssig, wie vorher gewohnt. Ihre Tochter erschien ihr vom Wesen sehr verändert.

Nun waren schon mehrere Jahre vergangen. Der Sozialpädagoge, der sie damals in der Psychiatrie betreut hatte, bezog schon seine Altersrente, als er wieder in diese Stadt kam. Es erinnerte ihn an diese damalige, jung erscheinende Patientin.

Was wird wohl aus ihr geworden sein?, dachte er so bei sich. Ein wenig quälte ihn auch sein schlechtes Gewissen, dass er sein damaliges Versprechen ihr gegenüber versäumt hatte. Er hatte noch den Ausdruck ihrer Augen des damaligen Gesprächs in Erinnerung. Sie hatten widergespiegelt, verlangend seine Zustimmung, nur einfach dies zu bejahen, wie sie ihr Weiterleben zu gestalten dachte. Sicher hatte sie seine damalige Antwort enttäuscht.

Ihrer Wohnadresse sich noch erinnernd, seinem Gewissen nachkommend, suchte er die Wohnung auf. Wagte es zu klingeln. Eine gealterte, aber doch noch recht resolut wirkende Frau öffnete ihm die Türe. Sie schaute nach ihm und meinte dann, ob er, wie schon häufiger vorgekommen, einer dieser Heilsverkünder sei. Er verneinte dies und antwortete, dass er damals ihre Tochter in der Klinik als Sozialhelfer betreut und auch kennengelernt habe. Er wolle nun mal hören, was aus ihr geworden sei.

Die Tochter sei aber leider nicht zuhause, erhielt er als Antwort.

Ob sie in der Arbeit sei?

Sie blickte ihn etwas unwirsch dreinschauend an und antwortete, sie sei hier in der Nähe in einer Parkanlage. Man nennt diese auch den Ort des Friedens. Er solle doch dort hingehen. Immer an den Rändern entlang. Er werde ihr bestimmt begegnen. Sie auch erkennen, mit ihrem hellen Angesicht, welches, wenn es Nacht wird, am schönsten strahlt. So warm wie die Flamme einer Kerze. Dann fragte sie ihn noch, wie es ihm so gehe, ob er gesund sei?

Etwas irritiert verabschiedete er sich. Ging aus dem Haus. Seltsamer Weise, vielleicht auch die Richtung verwechselnd, nicht zu diesem Friedenspark. Mehr dorthin, wo die aufkommende Dämmerung begann, die Wohnstätten der dort Lebenden einzuschließen. Dann sah er zwei Gestalten. Einen Mann mit einem kleinen Jungen an der Hand. Dieser wirkte sehr unruhig und rief immer wieder, etwas kläglich tönend, aus, dass er zu seiner Mama dort auf dem Park des Friedens wolle.

»Ja«, sagte sein Papa, »wir gehen deine Mama besuchen. Habe nur noch etwas Geduld.«

Dabei streckte sein kleiner Bub sein Ärmchen gen Himmel und zeigte mit seinem patschigen Händchen in die Richtung, wo bald das Morgenlicht wieder auftauchen wird.

Die dritte und vierte Folgeerzählung greift jeweils ein Menschenleben auf, das entdecken will, was die Menschen anstreben, mit welchen Neigungen sie ihre Gefühlswelt zu realisieren vorhaben.

Ergeben sich ihre Handlungen rein aus ihren Gefühlen, aus ihrem Bewusstsein? Oder kann es sein, dass alles, auch das menschliche Schicksal, vorbestimmt, auch sich in Folge abspielt?

Er wird es schenken! Er wird es lenken!

Sein Italien.

Das war sein Italien, wie er es während seines Aufenthaltes kennenlernte.

Es war in der Zeit ab März 1960. Organisiert über eine Stiftung als Jugendaustausch zur Aussöhnung der Völker. Nach dem brutalen Weltkrieg fuhr er, mit einigen anderen, mit dem Nachtzug von Deutschland über die Alpenpässe nach Italien. Sie erreichten in den frühen Morgenstunden eine flache, breit ausladende Ebene. Durchzogen von einem Fluss, der immer wieder mit den Eisenbahngleisen in Einklang dahinfloss.

Der leichte Schlaf in dem Liegeabteil ließ ihn frühzeitig wach werden.

Er schaute noch orientierungslos aus dem Fenster. Er staunte und sah um sich, ausladend in die Weite, eine zartgrüne Weidenlandschaft. Hier und da ummantelt von Strauch- und Baumgruppen. Meist auffallend von üppigen, blattsprießenden Trauerweiden überspannt. Das mediterrane Frühjahr hatte die Ebene zurück ins Leben gerufen. All dieses zarte Grün um ihn ließ auch sein Winterherz immer mehr erwärmen.

Von anderen erst erfuhr er den Namen des Flusses. Man nannte ihn Po. Ihm kam dabei zur Erinnerung ein, dass er in der neunjährigen Schulzeit fast nichts oder nur ganz wenig erlernt hatte: Über das Leben, die Menschen, die Erde. Über das, was geschehen war. Ach, er kam sich so ungebildet vor. Sein jugendlicher Frohsinn stimmte ihn aber hoffnungsvoll, sich doch noch viel Wissen anzueignen. Diese Neugierde erweckte ihn. Nun auch durch seinen Arbeitsaufenthalt, die Menschen dort, wie sie fühlten, dachten, handelten, kennenzulernen. Er hatte sich in seiner Heimat viele Meinungen anhören müssen.

Dass die Italiener gerne lange schliefen, nicht sehr fleißig seien. Auch häufig fremde Sachen mitgehen ließen. Spätabends erst eine warme Mahlzeit zu sich nähmen. Viel redeten, dies sei das Wichtigste für sie: die Liebe im höchsten Maße auszukosten. Das Wort »Amore« war in aller Munde. Die Männer dächten nur mit ihrem Unterleib. Sie trieben es schlimmer als die Karnickel, so lästerten einige seiner Kollegen über die Italiener. Aber auch viel an Ablehnung und keine wohlwollenden Meinungen musste er sich dabei anhören. Im Streit würden sie schnell zum Messer greifen. »Sei ja vorsichtig«, so ermahnten sie ihn häufig.

Nun ja, mal sehen!

Der Zug näherte sich nach langer Fahrt dem

Zielbahnhof. Die Luft im Zugabteil roch immer mehr nach dem ausgestoßenen Rauch der Lokomotiven. Der Bahnhof sah von Weitem schief aufgerichtet, grau aus und hatte große, stark verschmutzte, meist zerborstene Scheiben.

Die Halle war voller Menschen. Viele rauchten. Waren eingezäunt von ihrem mitgeschleppten Gepäck. Alle redeten schnell und laut, und es herrschte ein großes Durcheinander. Bei seinem Aussteigen kamen gleich mehrere, in verschlissener Kleidung, blass wirkende Gepäckträger auf ihn zu. Jeder war bemüht, seinen Koffer als Erster an sich zu nehmen. Andere boten ihm aufdringlich Zigaretten zum Kauf an. Andere wollten ihre Lira zu einem günstigen Kurs in Deutsche Mark umtauschen. Machten ihm mit Gesten deutlich, dass er mit ihnen mitkommen solle. Boten ihm eine Unterkunftsmöglichkeit an.

Es kamen aber dann zwei seiner Betreuer, die auch seine Sprache verstanden. Sie gingen mit ihm an Scharen von fliegenden Händlern, meist aus Afrika stammend, vorbei und fuhren mit einem Bus in den nahegelegenen Stadtkern.

Es gab dann nach der Begrüßung den Kontakt mit den sie aufnehmenden Gastfamilien. Weitere Informationen erhielten sie über die Arbeitsstelle. Dass man erstmal vier Wochen lang die italienische

Sprache erlernen werde. Dazu sich einmal in der Woche zu einem Erfahrungsaustausch treffen werde.

Einquartiert wurde er bei einer Familie, in der nahen Stadt Lucca. Sie bewohnten ein kleineres, sanierungsbedürftiges Haus. Umgrenzt von einer größeren Wiese, auf der einige Olivenbäume wuchsen. Es war eine Großfamilie mit vier Kindern, dem Großvater. Die Mutter der Kinder führte den Haushalt. Der Ehemann und Vater war von Beruf Schlosser. Er arbeitete in der Fabrik, in der er dann auch, so war es angedacht, zwei Jahre arbeiten sollte. Dort wurden aus Sintermetallen Werkzeuge und Motorenzubehör für Autos und andere Fahrzeuge und Maschinen hergestellt.

Die Arbeitssituation war um einiges anders, als er es gewohnt war. Der Arbeitsbeginn fing schon in der frühen Morgenstunde, um sechs Uhr dreißig, an.

Was hatten doch, oftmals spöttisch, seine Kumpel über die Italiener gesagt? Dass diese meist so um die Mittagsstunde erst mit der Arbeit beginnen würden?

Die Werkhalle, in der er mit die Maschinen bauen sollte, war atmosphärisch dunkel. Die vielen Fensterscheiben sahen milchig aus und schauten einen grau an. Erst das Neonlicht brachte Helligkeit in die Halle. Es roch nach Maschinenöl, und der Steinboden glänzte dunkelfettig.

Er wurde einer Arbeitskolonne zugeteilt. Es waren vier Fachkräfte und einer, der die Hilfsdienste für die anderen erledigen sollte.

Die Vorgesetzten, welche in einem erhöhten Raum ihre Funktionen ausübten, sahen alle etwas erhaben aus. Von ihren höher gelegenen Büroplätzen hatten sie einen guten Überblick über ihre Untergebenen. Sie führten diese Funktionen auch mit sehr ernst wirkenden Mienen aus.

Für ihn erstaunlich war aber der sehr moderne Maschinenpark mit Drehbänken, Fräs-, Hobel-, Schleifmaschinen und auch Standbohrmaschinen.

Die Begrüßung war für ihn, kommend aus einem Land mit meist stillen, ernsten Menschen sehr ungewohnt. Es erinnerte ihn mehr an das lustige Karnevalstreiben seiner Heimatstadt oder auch an ein komödiantisches Theaterstück, welches er mal auf einer Sommerbühne als Zuschauer miterlebt hatte.

Es waren willkommene, aber auch spöttische Worte:

He, Kumpel, bist du ein Germane?

Du kannst bestimmt gut zupacken?

Kennst du Amore?

Bist du in Deutschland arbeitslos?

Willst du uns hier das bisschen Essen wegfressen?

Willst du uns die Weiber klauen?

Hitler nicht kaputt, und anderes.

Ja, seltsam, es tauchte auf, wie die Stimme eines Echos. Es gab ihm das Gefühl, die Möglichkeit zu verstehen, was die Italiener sprachen. Immer wieder, während des gesamten Aufenthaltes war dieses geheimnisvolle Echo zur Stelle.

Die Arbeitskollegen waren sehr redselig, obwohl er, da sie auch sehr schnell sprachen, meist kein einziges Wort verstehen konnte. Ach ja, ein Wort schnappte er oftmals auf. Es klang so ähnlich wie Teutonicus. Sie klopften ihm aber kumpelhaft als Willkommensgruß immer wieder auf die Schulter, um ihn in ihrer Sprache wohl willkommen zu heißen. Er nahm ihren Nikotin- und Alkoholgeruch wahr, wenn sie dicht an ihn herankamen. Viele hatten auch einen Knoblauchgeruch an sich.

Es ging alles sehr warmherzig zu, so empfand er. Bis ihr Vorarbeiter, ihr Kapo auftauchte. Er wirkte sehr streng. Gab Anweisungen, so ähnlich wie er verstand: »Avanti, Avanti. Schnell, schnell arbeiten. Nicht faulenzen. Sonst musst du nach Hause gehen!«

Nun begann der Ernst des Tages!

Er faltete eine technische Zeichnung auseinander. Es war die Projektion eines Automaten, mit dem dann in hoher Stückzahl diese geformten Sintermetalle hergestellt werden sollten. In Arbeitsteilung sollten die Einzelteile der Maschine von den Arbeitern hergestellt werden, um sie dann zu einem Ganzen zusammenzubauen.

Jeder Einzelne musste zu deren Aufbau fachlich seinen Arbeitsanteil leisten.

Der Kapo deutete ihm an, welches Teilstück dazu er nun bauen sollte. Es war ein Verbindungsaggregat, welches die abgestimmte Menge an Sintermehl und der Portion Öl zu vermischen hatte. Es bedurfte deswegen schon eines feinmechanischen Zusammenfügens, mit 1/10, sogar 1/100 Millimeter Passgenauigkeit.

Er schaute sich die Teilzeichnung genau an. Fing dann mit dessen Herstellung an. Die dazu von ihm benötigten Werkzeuge und Maschinen waren für ihn ja keine fremde Welt. Er hörte aber genauestens hin, um die landessprachlichen fachlichen Bezeichnungen zu erlernen.

Die Kollegen waren ihm dabei auch durch ein verbales Gestikulieren sehr behilflich. Überraschend für ihn nahmen sie, meist in den Pausen, aus einer Flasche einen guten Schluck Rotwein zu sich, das an sich aber eigentlich verboten war. »Vino gut, gut für Amore«, so scherzten sie. Es munterte sie sehr auf. Die Vorgesetzten durften es aber nicht bemerken.

So arbeitete er sich ein. Tag für Tag. Hatte dazu einen Tag in der Woche Sprach- und Fachunterrichtung.

Auch ging er nach einiger Zeit mit einem Schlosser zur Instandhaltung mit. In die anliegenden Maschinenhallen, wo meist in langer Reihe die Hydraulikpressen standen. Bedient wurden sie von Frauen. Sie trugen alle Kopftücher und hatten ihre Körper mit Arbeitsschürzen umgürtet. Sie saßen an ihren Maschinen mit ernsten, angespannten Gesichtern. Bedienten diese, immer knopfdrückend mit zwei Händen. Manche schauten doch etwas neugierig nach ihm, diesem Fremden. Diesem Germanen aus Deutschland. Einige von ihnen, welche den Krieg miterlebt hatten, erinnerten sich bestimmt noch an die deutschen Soldaten. Er vernahm auch so flüsternd untereinander: »Hitler, Mussolini gut, gut. Nix kaputt«, oder so ähnlich. Sicher waren sie, wenn keiner ihrer Vorgesetzten in ihrer Nähe war, auch in ausgelassener Stimmung, so wie ihre männlichen Kollegen.

Nach Arbeitsende nahmen ihn manchmal andere junge Arbeitskollegen mit in das Stadtzentrum zum Gruppenflanieren. Die Jungen und Mädchen, in Gruppen, schlenderten die Einkaufsstraße auf und ab. Man warf sich umschwärmende Blicke und verbal Komplimente oder auch hämische, obszöne Bemerkungen zu. Die Mädchen scherzten und lachten dazu. Es wirkte, als wenn alle auf ein Liebesabenteuer aus wären. Dabei hatte jeder religiös fühlende Italiener die Einsicht in sich, dass man nur rein und unbefleckt den Bund des Lebens schließen durfte. Dieses theatralisch Anmutende bei diesen Abendtreffs war meist nur reines Kokettieren. So sagten es ihm jedenfalls seine dortigen Lehrer. Vielleicht verlief die Realität des Lebens doch etwas anders, denn die Geburtenrate von Kindern, hier in diesem Lande, zeigte steil nach oben.

Die jungen Frauen hatten sich meist an ihren Ohrläppchen große Metallringe angeheftet. Das war zurzeit der große Modetrend und sehr beliebt unter ihnen. Auch versammelte man sich in kleinen Gruppen und tauschte gegenseitig Anspielungen aus. Sicher aber auch Aufforderungen zum Kennenlernen, zur Liebe. Die Mädels, in der Gruppe meist selbstsicher und keck auftretend, machten sich in verbalem Wortschwall darüber meist lustig. Oder andere, die angesprochen wurden, ergriffen dann die Hand ihres Freundes oder legten ihren Kopf auf dessen Arm, um zu zeigen, dass sie schon vergeben waren. Dann, zu einer bestimmten Uhrzeit, war alles vorbei. Die Straße war mit einem Mal leer und wie geschaffen für das Besorgen von Waren in den vielen kleinen anreihenden Geschäften. Sie boten eine Riesenmenge an Nahrungsmitteln an. Von den Gewürzen ging ein berauschender Duft aus. Es gab schmackhaften Käse und Wurst.

Zuhause angekommen, wurde zur späten Stunde in der Familie gegessen. Die Mutter hatte immer ein leckeres Essen zubereitet. Häufig gebratenen Fisch mit verschiedenen Salaten und der Weißbrotbeilage. Die Flasche Wein war auch immer präsent. Es war eine Großfamilie. Papa, Mama, Großvater und drei schon ausgewachsene Söhne und eine heranreifende Tochter. Die Frau und Tochter waren, ohne Beistand der Männer, für den Haushalt zuständig. Sie deckten den Tisch, kochten, servierten das Essen. Wuschen das Geschirr. Reinigten die Wohnung und versorgten auch die Haustiere. In jedem Raum hingen ein Kruzifix mit dem gekreuzigten, leidvoll blass wirkenden Jesus oder auch eingerahmte Heiligenbilder mit weiblichen, verklärten Gesichtern der Mutter Gottes. Vor dem Essen sprach man gemeinsam flüsternd ein Bittgebet. Er wollte es unbedingt verstehen, um auch wie die anderen mitzufühlen!

Der Vater, welcher schon ein Auto besaß, bot ihm häufig am Wochenende Besichtigungen im Umland und der Stadt an. Sie mussten dazu immer

eine weite Strecke durch die Landschaft zurückle-
gen. In der Ferne sah man dunkel ein aufragendes
Gebirge mit bedeckten Bergspitzen, meist weiß
erscheinend, wirkend wie Schnee.

Das niedere Umland aber erwachte aus der
grauen Winterstarre. Die Felder zeigten sich schon
farbbetont. Im weiten, zarten Grün, durchsetzt mit
einzelnen artverschiedenen anderen Farbtönungen,
gewannen sie die Oberhand über das weißgrau
erscheinende, gepflügte Ackerland. Die Feldränder
waren begrenzt mit langen Reihen von Pinien, Zyp-
ressen und Wacholdersträuchern. Auch gab es große Plantagen mit Olivenbäumen.

Es kam ein Rauschen auf! Hoch in der Luft.
Noch nicht sichtbar, doch seltsam klingend. So, als
wenn ein nicht geöltes Tor geöffnet und geschlos-
sen wird. Dann war es über ihnen. Majestätisch, in
ausgedehnter Formation, zog ein Schwarm Krani-
che, wie er meinte, mit langsam sich bewegenden
Flügelspannen über sie hinweg.

»Es sind die Boten des Sommers, Flamingos,
Flamingos«, meinte der Vater, als er, suchend den
Vogelschwarm, zum Himmel schaute.

Ja, und dann von Weitem der grau wirkende
Anblick der verstreut auftauchenden Dörfer und
kleinen Ortschaften. Meist auf einer Anhöhe errich-
tet. Die dunklen Fenster wirkten seltsam seelenlos.

Die zusammengequetschten, geduckten Häuser waren in angepasstem Naturstein erbaut. Ihre Dächer hingen hier und dort schiefwinklig mit verwitterten, radialen Dachziegeln herab. Die Straßen durch die Ortschaften waren unasphaltiert. Die Menschen an den Rändern, viele in Schwarz gekleidet, gingen meist vorwärtsgebeugt an den Häuserreihen entlang. Manchmal flitzte ein Hund über die Straße oder es hatte sich ein anderes Haustier auf ihr verirrt. An den vielen kleinen Kirchen sah man häufig andächtig wirkende, kleine Frauengruppen, ihr Haar bedeckt, in schwarz, die sich zum Gebet begaben.

»Hier regiert meistens die Mafia«, so meinte er den Vater der Familie zu verstehen. Irgendwie kam es ihm auch vor, dass dieser Angst hatte, mit seinem Auto dort anhalten zu müssen. Er schaute sich ängstlich immer nach allen Seiten um. Verließ auch nie sein Auto.

Er meinte auch zu verstehen, dass der mitfahrende Sohn auf seinen Vater einredete, dass er sich auch bald ein Auto kaufen mochte. Freunde von ihm seien schon alle motorisiert. Das könne er bekommen, wenn er mehr verdiene. Er müsse mehr arbeiten und nicht immer so lange schlafen, konterte der Vater. So deutete er die Unterhaltung.

In der Stadt angekommen, nahm der Autoverkehr zu. Man roch es. Die Auspuffgase bedrohten einen, tief einatmen zu können. Wo wird diese Umweltbelastung wohl hinführen?, dachte er. Dabei war er auch einer von denjenigen, die sich nach der Berufsausbildung als erstes ein Auto zugelegt hatten. Die Motorisierung war zu verlockend. Jedenfalls für die Jungen.

Die Stadt war sehr alt, und es gab viele sehenswerte, altertümliche Gebäude, Kirchen. Auch geschichtlich wunderbar gestaltete Plätze und ein Denkmal eines sehr berühmten Komponisten. Die Altstadtränder waren von einer massiven Stadtmauer umgeben, an der sich ein schmaler Fluss vorbeischlängelte. An den abfallenden Hängen der Mauer wuchsen unzählige Büsche und Bäume. Besiedelt von unzähligen Vögeln. Die Spatzenscharen suchten flink umherhuschend nach etwas Essbarem.

Bei den Stadtbesichtigungen war häufig auch die heranwachsende Tochter mit dabei. Sie war ihm gegenüber sehr zurückhaltend, sprach ihn nie an und schaute auch nie mit ihren großen dunklen Augen zu ihm hin. Er durfte sich im Auto nie neben sie setzen. Wurde immer aufgefordert, doch vorne Platz zu nehmen.

Doch was auch immer eingehalten wurde, war das Aufsuchen des herrlich in der Stadtmitte emporragenden Doms. Der Vater senkte beim Eintreten meist demutsvoll seinen Kopf. Die Tochter legte dann immer ihr dunkles Seidentuch über ihr schwarzes, lockiges Haar. Vor dem Eingang bekreuzigten sich alle mit einem hingebungsvollen Knicks. In den Bänken knieten sie nieder. Mit gefalteten Händen flüsterten sie ihr Gebet oder baten ihren erhabenen Gottesvater um Beistand oder auch um Vergebung, so vermutete er.

So klangen ihre Gebete.

Ihn überraschte dieses Verhalten nicht sonderlich.

War doch seine Mutter auch sehr gottesgläubig. Als Kind hatte sie ihn jeden Sonntag zum Gottesdienst mitgenommen. Während der Gebete kniff er häufig seine Augen zusammen und erblickte dann eine hell erscheinende Aura um den Pfarrer. Seiner Mutter erzählte er dann meist, dass er den Heiligenschein um den Pastor gesehen hätte. Seine Mutter war darüber immer sehr entzückt. Sie hatte ja den festen Glauben, dass der Pastor auch ein Gottgesandter sein musste, der nun seine Botschaft unter die Menschen brachte.

Doch auch hier, in der Fremde, war er erstaunt über diesen herrlich erbauten und überdies pompös ausgestatteten Dom im gotischen Stil. Immer mehr hatte er das Gefühl, hier unter sehr gläubigen

Menschen zu sein. Es war aber doch etwas sonderbar Widersprüchliches für ihn, dass seine italienischen Arbeitskollegen selten die christliche Nächstenliebe betonten. Eher hatten sie mehr Interesse an dieser »fleischlichen Lust«! Für ihn als jungen Mann, den auch immer mehr dieser männliche Hormonschub beherrschen wollte, war ihr Verhalten natürlich genau die angemessene Lebensart. Von seinem Bewusstsein her kam in ihm aber auch ein inneres schlechtes Gefühl auf.

Wie zitierte doch seine Mutter immer wieder einen sehr berühmten Dichter: »Der Mensch sei edel, hilfreich und gut.«

Ja, und sein Vater, der ja nicht sehr redselig war, der als Bauarbeiter immer hervorhob, dass der Mensch ein Arbeitstier sei, der sich mehr für seinen Zigarettenvorrat, seinen Bierkonsum und seine Stallhasen interessierte, was sagte er ihm doch ab und zu? »Du wirst dir deine Hörner auch noch abstoßen!« Sicher wollte er damit prinzipiell zum Ausdruck bringen, dass man mit seinen wachsenden Lebenserfahrungen zur Vernunft kommen werde. Dass man aber dann auch so handeln werde, daran hatte er so seine Zweifel.

Mit diesen zwei Stimmen in seiner Brust war er aber schon auf der Suche nach anderen Ideen und einem anderen Lebensinhalt. Vor allem das, was seine Mutter ihm in den Unterredungen über das, was Wahrheit sein könnte, erzählte, überzeugte ihn mit fortschreitender Lebenserfahrung nicht mehr so richtig. Was betonte sie doch immer: »Und fragst du nach der Wahrheit und findest du sie nicht! So bitte den um Klarheit, der selbst die Wahrheit ist.«

Aber wer war nun dieser »Der«?

Er fühlte sich mehr hingezogen zu einem Suchenden in seiner dahinziehenden, von ihm sich entfernenden jugendlichen Einsamkeit. Fand man diese echte Wahrheit heraus, dann konnte man bestimmt auch in dieser Einsamkeit eine Heimat ohne dieses Gefühl des Verlassenseins erreichen. Auch wenn er ab und zu mit seinen gleichaltrigen Kumpels um die Häuser gezogen war. Sich in Discotheken aufhielt. Sich immer wieder nach weiblichen Bekanntschaften sehnte oder auch mit diesen herumflirtete. Seine Mutter ermahnte ihn aber, doch irgendwann einmal auch für sich eine Heimat zu finden.

Nun stand er in der Fremde. Riesig und pompös ragte er, dieser Dom, gen Himmel, um mit aller Pracht den christlichen Glauben der göttlichen Herrlichkeit durch seine, dem Himmel entgegenstrebende, Bauweise darzustellen. In dem Chor sah er das leidende, abgeknickte Antlitz des gekreuzigten Jesus, des Gottessohns. Hier war er sich nun auch ganz sicher, dass er Gast einer Familie mit einem ganz tiefen religiösen Glauben war. Ihm fiel ein, dass sie auch nie vergaßen, vor dem Essen gemeinsam ein Gebet zu sprechen. Den Inhalt konnte er nur erahnen.

Ob nun die hier Lebenden alle so religiös sind?, dachte er bei sich.

In dem wöchentlichen Treffen mit den Gruppenbetreuern bekam er Kontakt zu einem Meister, der unterrichtete. Er wollte der Gruppe meist berufsfachlich etwas vermitteln. Ja, und dann überraschte es ihn, dass er ihnen auch seine politische Einstellung kundtat.

Soweit er ihn verstehen konnte, war er noch, als er jünger war, im Bündnis zur Befreiung von der Mussolini-Diktatur bei den Partisanen gewesen. Dann, so 1947, setzte er sich für die Erschaffung der Republikanischen Verfassung ein. Das demokratische Regierungsbündnis zerbrach aber zu Beginn des Kalten Krieges. Die große Kommunistische Partei, in Solidarität mit der Sowjetunion, scherte aus. Er wurde dennoch zum Bürgermeister seiner Stadt gewählt. Er wollte sich weiter für die Arbeiterklasse einsetzen, da auch die Armut unter der Bevölkerung sehr stark grassierte. Es sollte durch die Ansiedlung von Industriewirtschaft dem entgegengesteuert werden. Doch im kapitalistischen

Konkurrenzkampf blieben die Einkommen der Arbeitenden sehr niedrig. Hinzu schwächelte auch häufig die Warenproduktion, sodass viele wieder entlassen wurden. Ein rechtliches, existenzabsicherndes Arbeitslosensystem gab es nicht. Viele gingen dann betteln oder wurden in den Armenküchen der katholischen Kirche in ihrem Hunger gestillt. Andere lebten zurückgezogen in ihrem häuslichen Bereich mit ihren Nutztieren und selbst angebauten Gemüsebeeten. Die Kirche machte aber auch Front gegen die sozialistische politische Bewegung. Ja, und dann kam es noch zu einer tragischen Naturkatastrophe. In ungeheurer Masse an Regen stiegen die Flüsse an und überschwemmten und zerstörten Land, Orte und Städte. So oder ähnlich verstand er den Meister.

Dieser wurde dann noch gefragt, ob er auch so religiös sei und so fest an Gott und den Papst glaube.

Er verstand seine Antwort so ähnlich, dass Jesus ja auch schon ein Kommunist, nicht Gottes Sohn gewesen sei und es deswegen zwischen Christen und Nichtgläubigen keinen Unterschied gebe. Beide wollten sie doch, einmal durch den Glauben, die anderen durch eine Revolution, eine bessere Welt.

Er fragte nochmals in der Familie nach. Der Vater zeigte sich sehr empört darüber und meinte, dieser Meister sei ein Teufel. Er lasse keine andere Meinung zu und habe auch schon Stalin verehrt.

Ja, und dann in einem Wortschwall: »Jesus ein Kommunist? Das ist doch sündhaft, sowas zu sagen. Jesus, so sagt es die Heilige Kirche und davon bin auch ich überzeugt, war nicht nur Gottes Sohn, sondern er wurde von dem Herrn geschaffen, damit es eine Verbindung gibt zwischen diesem und den Erdenmenschen. Kommunisten und alle Nichtchristen sind ohne Gott, gottlos. Deswegen erfahren sie nie die Barmherzigkeit des Schöpfers. Nicht der Mensch hat von Ursprung an eine Seele. Die erfährt er nur durch seine Gläubigkeit an seinen Gott. Die Botschaft des ewigen Vaters erhalten die Christen durch seinen Boten. Dies ist der Papst.«

In ihm machte sich aber durch diese Meinungen auch die Erkenntnis breit, dass er sich zwar in einer wunderbar anzuschauenden Landschaft befand, die aber die meisten Menschen in großer Armut verharren ließ. Diese dunkel aussehenden Gestalten in den Dörfern, Orten, Städten. Aber auch diese andere Welt. Dieser Lehrer, der eine ganz neue, gute und gerechte Welt wollte.

Der Dozent lud dann noch die Gruppe zu einem Kinobesuch in der größeren Stadt ein. Sie schauten sich den Film »Don Camillo und Peppone« an. Trotz aller ausgefochtenen gegnerischen Kämpfe verband doch diese beiden eine zwischenmenschliche Zuneigung, gerecht handeln zu wollen.

Er selbst, der ja ohne politische Heimat war, erhielt dadurch den Hinweis, dass Christ oder Atheist doch ideell das gemeinsame Ziel hätten, dass es auf der Erde gerechter zugehen solle. Er wunderte sich nur immer bei all den Kirchenbesuchen, dass dort meist sehr viel an prächtigem Gold oder wertvollem Silber ausgestellt war. Ja auch, dass es in der Umgebung hier und dort prachtvolle Villen mit wunderschön angelegten Parkanlagen gab. Nur sah er nie auch nur einen der Eigentümer in diesen Anwesen. Meist waren es die Anlagen pflegenden Gärtner oder andere Bedienstete.

Er dachte dabei an seine Mutter, die auch in einer französischen Offiziersfamilie den Haushalt erledigte. Dort kochte und auch putzte. Es war sicherlich eine schwere, nicht allzu gut bezahlte Arbeit. Wenn man sie danach fragte, sagte sie zuversichtlich klingend: »Gott hat's geschenkt, Gott hat's gelenkt.« Es war somit alles rechtens. Sicher wäre der sie lehrende Meister anderer Ansicht gewesen!

Doch ihn interessierten mehr diese dunklen, in wunderschöner Körperform entstandenen Mädels, die es überall gab.

Ja, nicht nur ihn. Auch die zu Männern heranwachsenden Söhne. An einem Samstag kam einer ihre Freunde vorbei. Aber nicht zu Fuß! Nein, er war im stolzen Besitz eines Personenautos.

»Komm mit, Teutonos. Wir treiben es in der großen Stadt. Wir bändeln mit den Schönen an oder besaufen uns.«

Sie fuhren dann zu fünft dorthin. Alle hatten sich in Schale geworfen, mit Pomade in den glänzenden Haaren. Jeder hatte seine Zigaretten und den Haarkamm mit. Unterwegs scherzten sie viel herum. Er verstand nur wenig. Je näher sie auf die Stadt zufuhren, desto dichter wurde der Autoverkehr. Es war ja die Zeit angebrochen, in der, vor allem die jungen Menschen, ihren Wunsch der Mobilität erfüllen wollten. In einer langen Kolonne fuhren sie, meist in stockendem Schritttempo und schlechter Luft in den Stadtkern ein. Alle mit Lust auf ein Abenteuer, auf eine Eroberung.

Die beiden, welche vorne saßen, hatten die Fenster heruntergekurbelt. Er ahnte schon, dass sie damit ihre Chancen erhöhen wollten, ihr Nachbarauto, falls mit weiblichen Insassen gefüllt, besser anmachen zu können. Das gelang dann auch dem Beifahrer. Er rief einer der lachenden Insassinnen im Nebenauto zu, wo sie denn hinfahren würden? Die hinter dem Lenkrad Sitzende reagierte nicht darauf. Zeigte nur ihren Mittelfinger. Ihre Beifahrerin deutete aber an, dass sie eine Disco aufsuchten. Sie nannte scherzend deren Namen und machte mit ihrer Hand ein V als Siegeszeichen. Dann brausten sie davon. In riskantem Tempo wollte der Fahrer ihnen folgen. Schaffte es aber nicht. Sie kamen dann zu der Discothek. Einen freien Parkplatz gab es nicht. Der Fahrer parkte einfach am Straßenrand, in der zweiten Reihe. Klemmte eine Nachricht unter den Scheibenwischer, dass er in der Disco anzutreffen sei. Vor dem Eingang standen schon viele junge Leute, die aber von dem Türsteher nicht hineingelassen wurden. Sie versuchten es auch. Wurden abgewiesen. Einer von ihnen bezeichnete den Aufpasser als Pisser oder so ähnlich. Dieser hörte dies und kam bedrohlich auf sie zu. Besann sich aber und wandte sich wieder seiner Arbeit zu. Dann tauchte die Mädchengruppe des Nachbarautos auf, und diese ließ der Türsteher nach einigen scherzhaften beiderseitigen Bemerkungen in den Tanzsaal.

Aus war der Traum! Sie waren ratlos. Was sollte man nun machen?

Sie entschlossen sich, einen Film anzuschauen. Irgend so einen sentimentalen Liebesfilm. Am Eingang verliebte sich einer von ihnen spontan in ein wartendes blondhaariges Mädchen.

Sie schaute kurz zu ihm herüber. Wendete sich

dann aber demonstrativ einem neben ihr stehenden Jungen zu. Nahm seine Hand in die ihrige und lächelte ihn an.

Aus, schon wieder nichts!

Sie kauften sich eine Tüte Popcorn und schauten sich den Film an. Machten ab und zu ein paar Bemerkungen über die Schauspielerin, wenn diese scheinbar etwas intensiver mit ihrem Po reizte. Waren dann nach einer kurzen Zeitspanne wieder auf der Straße. Sie drehten noch eine Runde mit dem Auto durch die Stadt und fuhren, alle etwas stiller geworden, zur späten Stunde nach Hause in ihren kleinen Wohnort. Die leeren Flaschen schmissen sie in den nahen schmalen Fluss. Jeder war wieder alleine.

So verging seine Zeit. Meist in Arbeit vertieft und mit dem Erlernen der Sprache.

Wieder an einem Wochenende, wurde er von dem Vater eingeladen, mit einem Sohn und der Tochter in die Stadt zu fahren.

Der Sommer war eingetroffen. Die Natur ringsum hatte noch genügend Feuchtigkeit in der Erde. Die Pflanzen und Bäume gediehen prächtig in dieser sanften Hügellandschaft.

Man wollte in der Stadt einiges unternehmen. Natürlich erst beten, dann die Einkaufsgassen entlangflanieren und auf dem Marktplatz ein kühles

Eis oder Getränk zu sich nehmen. Das Mädchen, diese heranreifende Frau, wurde wieder auf den Rücksitz des Autos geschoben und von ihrem Bruder im Auge behalten.

In der Stadt angekommen, gingen sie demutsvoll in die Santa Deus. An den Wänden sah man wunderschöne Gemälde und Fresken. Nach dem leisen, auf Knien vollzogenen Bittgebet machten sie einen Rundgang durch die Kirche. Die Tochter immer flankiert von ihrem Vater und ihrem Bruder. In einer Seitenkapelle entdeckte er einen Beichtstuhl, verziert mit kleinen, anmutigen Engelsskulpturen. Er berührte, streichelte sie und ging dann neugierig hinein in dieses Refugium des Priesters. Setzte sich in enger Kabine auf die kühle Holzbank.

Ja, und dann, für ihn sehr überraschend, hatte sich die Tochter von ihren Begleitern gelöst und saß getrennt durch das Sprechgitter in der Nebennische.

Er bemerkte sie, denn die Trennwand war mit vielen Sprechschlitzen versehen. Lichtstrahlen fielen durch diese hindurch.

Im Scherz wandte er nun sein Gesicht an sie und sagte mehr lustig: »Nun, mein schöner Bengel, welche Sünde kann ich dir heute vergeben?« Er hatte ja eine nicht sehr ernsthafte Einstellung gegenüber diesem Beichtgebot.

Dann kam etwas zu ihm herüber, in einem langen Wortschwall. Er spürte ihren Atem.

»Teutonus, du bist ein Geschenk meines Herrn. Er lässt Liebe gedeihen, die über unser Leben hinausgeht. Komm, gehe ein Stück mit mir, und ich schenke dir Liebe und Wärme und auch etwas, was uns beide nicht vergessen wird.«

Dann sah er im einfallenden Licht die schön geformten Lippen dieser jungen Frau. Sie spitzte sie etwas zu, und es schien, als hätte sie vor, eine dieser Engelsfiguren mit ihrem Mund zum Leben erwecken zu wollen.

Aufgrund des Echos verstand er nicht ganz, was sie gesagt hatte. Nur meinte er, die Laute oder auch das Wort »Amore«, »Liebe«, gehört zu haben. Er konnte sich aber auch verhört haben. Wer wusste es schon?

Auf dem Marktplatz, im Café, schob sie ihm vorsichtig, die anderen im Auge behaltend, eine Serviette zu und legte ihren Zeigefinger, ihn kurz anschauend, auf ihren Mund.

In der nächsten Zeit äußerte sie öfter ihrer Mutter gegenüber den Wunsch, dass man mit ihr in der Stadt, an der Ringmauer, den Grünstreifen entlang spazieren gehen sollte. Das wurde gemacht, und sie hatte sich dazu sehr schön gekleidet. Ihre schwarzen Lockenhaare sorgsam gebürstet. Sie hatte aber nie ihre Lippen geschminkt. Das war auch nicht notwendig, bei ihrem schön geformten Mund.

Auf dem sehr schmalen Pfad entlang der Stadtmauer musste man einzeln hintereinander gehen. Er befand sich hinter ihr und sah ihre aufreizenden Körperformen. Ein verlangendes Gefühl stieg in ihm auf, mit Gedanken an etwas Warmes. Ein paar Mal stolperte sie, und er wollte sie stützen. Doch die anderen waren wachsamer und kamen ihm zuvor.

Dann streckte sie unerwartet einen ihrer Arme gen Himmel und deutete auf einen Schwarm von in der Sonne im weißen Federkleid dahinziehender Vögel.

Pelikane, Pelikane deutete sie an. Vielleicht aber auch Schwäne?

Hatte sie dabei nicht auch kurz zu ihm hergeschaut? Er fühlte so etwas wie Zuneigung zu ihr. Ob sie auch dieses Gefühl in sich hatte?

Nach dem Abendessen half er zur Überraschung der anwesenden Männer den beiden Frauen, den Tisch abzuräumen. Sie stand am großen Wasserbecken, als er mit einer Schüssel voller Geschirr an sie ganz nah herankam. Sie schaute ihn freundlich mit ihren dunklen, tief liegenden Augen an, und er nahm etwas von dem Geruch ihres jungen Körpers in sich auf. Ihre Gesichtshaut glänzte, und eine

Haarlocke war ihr auf die Stirn gerutscht. Sie blies mit ihrem Atem nach ihr. Ein paar Mitesser zeigten sich rötlich an den Seiten des Unterkiefers.

Sie wurde von ihrer Mutter gerufen.

Er meinte, etwas von den Gesprächen zu verstehen, dass einem der Söhne der Arbeitsplatz als Automechaniker aufgekündigt worden war. Der Chef hatte nicht mehr genügend Aufträge erhalten, und der Sohn war nun traurig, dass er sich nicht die schwarzen, schön glänzenden Halbschuhe kaufen konnte. Diese Art Schuhe trugen doch alle seine Freunde. Sie waren so begehrt unter den jungen Männern.

Nach Arbeitsschluss, beim Flanieren auf dem Marktplatz, sah er sie auch häufig. Sie spazierte aber nicht mit den anderen Mädchen, Frauen und Männern, sondern ging meist in einer Gruppe mit dunklem, seidenem Kopftuch bedeckt in die angrenzende Kirche. Das Glockengeläut ertönte dazu. Er versuchte, das seinen Kollegen in holpriger Sprache mitzuteilen. Er verstand sie so, dass diese kopftuchtragenden Frauen in das Gotteshaus gingen, um zu beichten.

Er wunderte sich darüber. Denn für ihn war diese heranwachsende junge Frau »rein wie ein Engel«. Welche Sünde hätte sie dem Priester beichten können?

Er empfand dieses Beichten sowieso nur als eine lächerliche, nicht allzu ernst zu nehmende Angelegenheit. Dass die Kirche mit diesen Informationen schon vieles, was für sie wichtig war, erreicht hatte, daran dachte er damals noch nicht.

Ja, und dann, nach einiger Zeit überraschend, kündigte die Familie ein großes Festessen an.

Er wurde dazu eingeladen und sollte sich festlich kleiden. Zum Fest kamen viele aus der Verwandtschaft. Es war wie eine große Sippenschar. Er erfuhr, dass sie in dem Wohnort fast alle untereinander verwandt waren. Jeder hatte ein Geschenk bei sich.

Die Tochter war auch festlich gekleidet. Nach dem Essen tauchte ein Priester auf. Er führte ihn und die Tochter nah zusammen und verkündete allen, dass sie von nun an verlobt seien und bald auch sicherlich den göttlichen Segen zur Eheschließung erhalten würden.

Ihn überraschte das sehr. Doch er hatte Gefallen daran, denn er spürte immer mehr seine Zuneigung zu dieser, für ihn schönen heranwachsenden Frau.

Doch als dann alles vorbei und er alleine war, kamen ihm auf einmal Zweifel. Er dachte nun mit Sorge daran, hier an diesen Ort vielleicht für immer gebunden zu sein und sein Leben als Arbeiter zum

Bau dieser sich kalt anfühlenden Maschinen verbringen zu müssen.

Er überlegte sich, doch mal einen Rat von diesem Meister, der sie unterrichtete, einzuholen. Als Dolmetscher wollte er einen Kollegen aus der Gruppe mitnehmen, welcher mit der Landessprache schon gut vertraut war.

Der Meister war über vieles, was geschehen war, schon informiert worden. Er wusste auch, dass die Tochter in ihrer Beichte dem Priester mitgeteilt hatte, dass er diese auch schon geküsst habe. Der Priester hatte dann dies alles als sündiges Vergehen ihren Eltern mitgeteilt. So war nun nach altem religiösem Landesbrauch dieser Austausch der Zärtlichkeit zur Verpflichtung für ihn geworden, dieses Mädel auch zu seiner Frau zu nehmen.

Es überraschte ihn sehr!

Ja, und wenn er aber nicht wollte? Ja, und der Priester und das Beichtgeheimnis? Hatte sie diesem alles über ihre beidseitigen Zuneigungen gebeichtet?

Das sei sehr gefährlich, wurde er belehrt. Denn in diesen Kreisen herrschten noch ein strenges eigenes archaisches Gebot der Blutschande und deren Rache. Sollte sich herausstellen, dass diese Frau schon ihre Jungfräulichkeit verloren und sie keinen Bräutigam hatte, dann könnte es vorkommen, dass sie umgebracht, von den eigenen Familienangehörigen getötet würde.

Das war ja schrecklich! Was sollte er nun tun?

»Am besten«, sagte der Meister, »du verlässt die Gegend! Wenn du willst, besorgen wir dir einen anderen Arbeitsplatz in einer anderen Stadt, falls du den Freundesaustausch weiter fortführen möchtest?«

Er ging dann zurück zu der Familie. Die Tochter lachte ihn immer wieder an. Sagte etwas dazu.

Sie schien ihn auch sehr zu mögen. Wenn er doch nur besser in ihrer Sprache antworten könnte!

Dann sagte er eines Tages, er müsse schnell mal in sein Heimatland fahren. Sein Vater sei erkrankt und wolle seinen Sohn unbedingt sehen. So fuhr er zurück nach Deutschland. Brach den Auslandsaufenthalt ab. Dabei wollte er doch, dass die Menschen untereinander Freunde wurden.

Diese nun herangereifte Frau schickte ihm häufig Briefe auf Italienisch. Sie liebe ihn so sehr. Sie habe Sehnsucht nach ihm. Sie trage ihn in ihrem Herzen.

Nach einiger Zeit schrieb sie auch, dass sie ein Kindlein unter ihrem Herzen wachsen höre. So klangen ihre Zeilen.

Er konnte das alles nicht fassen. Doch auch er sehnte sich nach ihr. Nach ihrem weichen Frauen-

körper mit dieser dunklen Haut. Ihrem süß duften-
den Körpergeruch und dieser Form der Lippen.
Ihren lockigen dunklen Haaren, die so aufreizend
ihren Nacken umkränzten.

Aber Vereinigung beider? In seinen Träumen
tauchte sie immer wieder auf.

War ihm doch ganz bewusst gewesen, dass sie
miteinander zwar Zärtlichkeiten ausgetauscht, aber
nie zueinander gefunden hatten. Immerhin war er
erleichtert, dass sie noch am Leben war. Machte ihr
auch den Vorschlag, noch etwas Geduld zu haben.
Wenn er dann beruflich abgesichert sei, würde er
sie zu sich holen. Auch mit ihrem Kind.

Es zog sich aber alles lange Zeit hin. Ein Jahr,
zwei Jahre vergingen.

Sie war geduldig.

Er hatte Sehnsucht nach ihr. Sie tauschten immer wieder Bilder von sich und dem Kindlein aus.
Mutter und Tochter wirkten wunderschön. Nur das
Kindlein sah sehr, sehr südländisch aus, so hatte er
den Eindruck.

Das Leben bewegte sich weiter.

Er besuchte eine Sozialakademie, denn er hatte
auf einmal die Ideale, nicht Maschinen zu bauen,
sondern Menschen aufzubauen, ihnen dabei zu
helfen.

Er lernte dort eine Studentin kennen und zu lieben. Sie zogen zusammen. Hatten vor, ihr Leben gemeinsam zu gestalten.

Doch eines Tages kündigte seine italienische Liebe an, sie wolle mit dem gemeinsamen Kindlein zu ihm nach Deutschland an den Rhein, in die Stadt, in der er lebe, kommen.

Ja, und da stand sie nun, nach langer Reise mit ihrem Kind und dem Gepäck, angekommen in der Bahnhofshalle.

Er kam auch, holte beide ab. Er war fasziniert von ihrem Anblick. Ihr Kindlein fürchtete sich vor ihm, diesem großen, fremden Mann, und schmiegte sich an das Bein seiner Mutter. Sie fuhren dann zu seiner kleinen Wohnung.

Seine Lebensgefährtin hatte er über alles unterrichtet. So lebten sie nun einige Zeit in diesen sehr beengenden kleinen Räumen. Er konnte es noch gar nicht so richtig realisieren, zwei Frauen und ein Kind zu haben. Der Vermieter, die Nachbarn wunderten sich. Er erzählte ihnen, das sei seine Cousine. Sie sei nur zu Besuch bei ihnen. Für seine deutsche Lebensgefährtin wurde es nun doch nicht mehr zumutbar. Eines Tages war sie weg, wieder in ihr Elternhaus gezogen. Sicherlich mit einer Traurigkeit in sich.

Die Italienerin liebte ihn umso mehr, und ihr Kind war so süß, so lebendig. So voller Temperament fand es auch zu ihm volles Vertrauen. Schmuste mit ihm. Er musste ihr immer wieder den Wunsch erfüllen, aus den Bilderbüchern ihre Lieblingsgeschichten vorzulesen.

Eines Tages sagte sie, seine Allerliebste, ihm, wie in einem Glücksrausch, dass ihre Periode ausgeblieben sei. Sie bekäme ein zweites Kind.

Von ihm!

Da sie sich nun schon gut untereinander verständigen konnten, sagte er scherzhaft: »Ich bin gespannt, ob unser nächstes Kindlein auch etwas von mir, etwas Helles, so Normannisches an sich haben wird. Unsere kleine Tochter ist ja ganz und gar eine Südländerin. In allem, in ihrer Gestalt, ihrem Wesen, Verhalten, im Temperament.«

Sie gluckste darüber und erwiderte ihn umarmend: »Ja, sie hat auch noch etwas anderes, nicht Irdisches an sich.«

»Ja, was denn noch?«, wandte er etwas verständnislos ein.

»Sie ist sicherlich nicht Gottes Kindlein, wie Jesus! Aber doch das Kindlein eines seiner Jüngerschar und Propheten. Sie werden in meinem Land sehr verehrt. Kannst du dich noch erinnern, dass du dich immer darüber gewundert hast, dass ich so häufig zur Beichte in die Kirche gegangen bin?«

Er schaute sie verdutzt an. Ob er sie wirklich

richtig verstanden hatte? Sie verfiel beim Reden häufig in ihre Heimatsprache.

Keiner wird es jemals noch erfahren!

So lebten sie nun zusammen. Seine Lebensgefährtin fühlte sich wohl, hier in der Fremde. Er ging einer Arbeit nach, die seinen Lebensinhalten entsprach. Es wuchs was zusammen.

Ja, und dann kam ihre Niederkunft.

Ihre Schwangerschaft war schmerzhaft. Sie musste in der letzten Woche ins Krankenhaus gebracht werden. Sooft es möglich war, saß er an ihrer Bettseite mit ihrer Tochter. Streichelte ihr anhaltend über ihre, sich kalt anfühlende Stirn.

Dann kam ein Anruf. Spätabends. Es wurde ihm mitgeteilt, es sei soweit!

Draußen war es nasskalt.

Er packte sein Töchterlein warm ein und fuhr zu ihr, zu seiner Cecilia.

Er musste warten. Sie wurden nicht in das Patientenzimmer gelassen.

Es kam dann doch jemand heraus. Er dachte, man zeige ihm nun sein Neugeborenes, ein neues winziges, schreiendes Menschenbündelchen.

Nein, es war ein Arzt. Seine Haare waren etwas zerzaust. Sein Gesicht etwas blass erscheinend.

Dann sagte er: »Es ist geschehen! Sie hat für immer, für immer Lebewohl gesagt!«

Er schaute zu seinem Mädchen. »Waaas?«, kam es aus ihm hervor. »Ja, und das Kindlein?«

»Das wollte sie behalten. Sie hat es mitgenommen. Es sollte ihr gehören! Es tut mir außerordentlich leid.«

Übernächtigt, aber doch teilnehmend zu ihm hinblickend, ging er dann weg. Sicherlich war seine Nachtschicht beendet. Dann kam die Hebamme und legte der Tochter, die zitterte und leise schluchzte, eine wärmende Decke um ihre zarten Schultern. Es war alles so still, und die Neonröhren gaben ihr weißes, kaltes Licht ab.

Seine kleine Tochter nahm ihn an ihre Hand. Sagte dazu: »Komm Papa, wir gehen nach Hause, zu unserer Mama.«

Es verging, verblasste alles!

Nach dreißig Jahren erhielt er eine wunderschöne Geburtskarte. Seiner Tochter und ihrem Lebensgefährten ward ein Sohn geschenkt mit schwarzen Haaren und rosa scheinender, zarter Haut. Sie wollten ihn Manfred nennen. Er sei nun Großvater, schrieben sie ihm!

Als dann ein grauer Wintertag begann, setzte er sich in einen Zug an ein Fenster. Schaute, als der Zug noch im Bahnhof stand, raus auf die starr wirkenden Bäume. Lang und kahl hingen die Äste einer Weide, wie er empfand, der Erde hinstrebend herab.

Ihm kam sein Alleinsein in den Sinn. Und er fühlte, dass, wenn alles so weiter verlief, er einsam Abschied nehmen würde. Er meinte aber, keine Angst davor zu haben, wie damals in seinen jungen Jahren. Alleine sei er schon. Aber einsam? Nein!

Nun wollte er doch nochmal sehen, ob er von seiner Jugendzeit etwas entdecken, wiederfinden würde. Vielleicht den Ort, das kleine unansehnliche Haus, sogar noch einen ihrer Brüder oder auch eine Schwanen-, eine Kranich-, eine Pelikangruppe?

Die Reise war schnell vorüber. Ja, es war mit der Zeit alles schneller geworden. Der Zug raste meist in hoher Geschwindigkeit durch die Landschaft. Alles huschte vorüber. Einen Eindruck von ihr konnte er dadurch nicht gewinnen. Die meisten Mitreisenden waren mit sich oder ihren elektronischen Geräten beschäftigt. Sahen irgendwie für ihn verkabelt aus.

Sie kamen im Bahnhof an. Er nahm seine Reisetasche, stieg aus.

Beim Gehen fühlte er etwas Schwaches in seinen Beinen und in seinem Gleichgewicht wurde er etwas unsicher.

Ja, und dann sackte er sanft zusammen. Keiner achtete erst auf ihn, wie er sich wie jemand, der kein Zuhause zu haben schien, langsam auf den Bahnsteig legte, um einfach schlafen zu wollen. Seine Augen spielten noch etwas mit den einfallenden Lichtstrahlen.

Dann bemerkte ihn doch ein vorbeigehender Priester. Er schaute nach ihm. Sah, dass mit ihm etwas nicht stimmte. Hob seinen Kopf von dem kalten Stein und legte dann seinen warmen Schal darunter. Als er ins Krankenhaus gebracht wurde, war er noch bewusstlos. Er erwachte auch nicht wieder.

Man konnte auch nicht identifizieren, wer er war. Nicht seinen Namen, seine Herkunft. Seine Reisetasche mit Brieftasche, seine Papiere waren nicht auffindbar. Man brachte ihn in ein Krematorium, äscherte ihn ein und bestattete ihn, den Unbekannten. Seine Urne vergrub man auf einem großen Friedhof in dieser Stadt, in seinem Italien.

Seine Tochter, nach langem Forschen, fand seine Bestattungsstelle und ließ ein kleines Messingschild mit seinem Namen und Sterbetag anbringen.

Es verging die Zeit. Bei seiner Tochter, in ihrem Zuhause, kam eines Tages der kleine Mani angehüpft.

»Mama, Mama, rief er. Ich habe heute meinen Opa gesehen!«

»Was?«, entgegnete die Mutter.

»Ja, ich hab auf dem Spielplatz Sand in die Sonnenstrahlen geworfen. Stell dir vor, da tauchte auf einmal ein fröhliches Gesicht auf. Das war bestimmt der Opa, weil seine Haare schon so grau aussahen!«

»Ach du kleiner Hosenmatz! Dein Opa, wenn alles gut gegangen ist, schaut dir bestimmt beim Spielen von oben, aus dem Himmel zu!«

Sichtbar zufrieden mit dem, was seine Mama von seinem Opa gesagt hatte, hüpfte der Kleine nach draußen. Den warmen Sonnenstrahlen entgegen.

Hinein in die Gegenwart

Doch wie ging nun alles weiter? Wie wuchs er heran, dieser kleine Sonnenschein?

Hinwendend zu dem, was um ihn herum geschah, begegnete er nach seinen innerlichen Gefühlen dem, was ihn zufrieden machte. Das saugte er in sich hinein. Dann ging er mit der Zeit über, um sich herum alles zu begreifen, um dieses auch zu empfinden. Entweder in deren Bewegungen oder auch mit von sich gebenden Geräuschen.

Ja, es stärkte ihn auch, dass die Wesen um ihn herum seiner Gefühlswelt entgegenkamen. Dazu war da etwas, das er nach einem suchenden Vorantasten mit dem Mund umschließen konnte. Etwas aufsaugen konnte und er dadurch eine sättigende, wohltuende Wärme verspürte, die ihn in den Schlaf versinken ließ.

Dann, etwas weiter in der Zeit, fühlte es sich für ihn wohlwollend an, sich von dieser wärmenden Quelle wegbewegen zu können. Doch immer in der Zuversicht, wieder nach dieser zurückzukehren, von ihr aufgenommen zu werden.

Dann gelang es ihm, sich aufzurichten und auch schon in sich selbst eine Entscheidung zu treffen, etwas abzugeben, nach seinem eigenen Willen. So schaffte er es, sich immer geschickter zu verhalten, sich zu bewegen. Es nahm ihm die Angst, auch zeitlich länger von seiner, sich für ihn Wärme spendenden Quelle wegzubleiben. Mit seinem nun vorhandenen Zeitgefühl erlernte er, dass er, auch wenn nicht anwesend, es doch ein Wiedersehen geben würde. Das stärkte sein Vertrauen, da so eine Angst sich in ihm nicht ausbreiten konnte.

Er lernte auch, dass sein nur ihm, ichbezogenes, angenehm wirkenden Streicheln auch mit anderen teilbar war. Man deswegen nicht alles, was einem Freude machte, verlor. Wunderbar wurde es auch, dieses in formulierten Lauten den anderen mitteilen zu können.

Genauso interessant war für ihn, dass sich um ihn herum vieles bewegte. Dass es sogar mit Lauten von sich gebend über ihn dahinzog. Ab und an sich in einem Baum oder Strauch niederließ.

Er ging weiter, neugierig, Weiteres zu entdecken. Es fiel ihm auf, dass seine Mama, die weich und warm sich ihm hingab, am Körper etwas anderes hatte als sein Papa. Er verglich dieses mit seinem Körper und fand es wohltuend, dieses zu streicheln. Das, was so ähnlich die Form hatte, wie es der Papa auch hatte. Seine eigene berührende Zärtlichkeit erzeugte in ihm innerlich etwas Lustvolles. Es war aber etwas Geheimnisvolles.

Neugierig wie sein Wesen war, wollte er nun mehr darüber erfahren. Er fragte, da er sich in der Lautsprache schon äußern konnte, seine Mama und seinen Papa.

Beide lachten sich, für ihn etwas geheimnisvoll, dabei in voller Zuneigung, an.

Seine Mama erzählte ihm daraufhin, dass die Mädels genauso wie die Buben auch etwas hätten, mit dem sie Pipi machen könnten. Das schaue nur nicht, wie bei ihm, hervor. Man sehe nichts von dem Schnippelchen, schmunzelte sie. Nein, dieses sei bei ihnen noch im Bauch, mit dem sie dann Wasser lassen könnten. Das sei bei ihr auch so, und bei seinem Papa wäre es gleich wie bei ihm.

So ganz zufrieden gab er sich denn doch nicht mit dem, was seine Mutter ihm erzählte.

»Ja, aber, warum sind denn bei euch da noch die Haare? Jedes Mal, wenn ihr duscht, kann ich sie sehen. Bei mir und meinen Freunden sind keine da unten. Nur auf meinem Kopf wachsen sie.«

»Du bist mir aber ein ganz Schlauer«, gab seine Mutter zurück. Aus Verlegenheit, denn sie wusste darauf keine so rechte Antwort.

Sein Papa half ihr aber weiter. »Warte doch mal ab. Wenn dir, wie mir, ein Gesichtsbart wächst und du dich dann auch rasieren musst, dann wachsen dir da unten auch Haare.«

»Das glaube ich dir nicht«, antwortete er sofort. »Denn unsere Tante in der Kinderkrippe hat uns gesagt, nachdem sie uns das Märchen vom Wassermann erzählt hatte, dass nur die Bösen am Körper Haare, ein Fell haben. Die Mamas seien alle gut und haben deswegen auch keinen Bart. Ätsch, du hast gelogen«, quiekte er los und wandte sich seiner Mutter zu. Streckte seine Ärmchen nach ihr.

Diese nahm ihn fürsorglich hoch, und er kuschelte sich an ihren warmen Bauch.

Eine Zeit danach schenkte seine Mama einem weiteren Kind das Leben. Es war ein Mädchen. Er glaubte, dass der Klapperstorch dieses ihnen gebracht hätte. Das hatte ihm die Mutter seines besten Freundes erzählt.

Als dieses Baby immer mehr erwachte und ihn sogar anlachte, war seine Freude darüber riesengroß. Er legte seinen Kopf dicht an den ihrigen und küsste es fortwährend. Am liebsten schleckte er aber mit seinem Mund deren kurze, dicke Fingerchen.

Sein Vater betrachtete dies mit ängstlichem Blick. Er sorgte sich darum, dass er sein Schwesterchen mit seiner meist verschnupften Nase krankheitshervorbringend anstecken könnte.

Ihr kleiner Sohn war sehr aufgeweckt und auch sehr neugierig.

Er beherrschte sehr schnell, dass er sich gegenüber seiner Mama recht keck aufplustern konnte. Seinen Vater aber betrachtete er etwas zurückhaltender. Vor allem beeindruckten ihn seine starken Arme mit den ausgeprägten Oberarmmuskeln. Allerdings kam in ihm ein Angstgefühl auf, wenn sein Papa, meist abends, nachdem er von der Arbeit kam, mit seinen dunklen Augen alle ernst anschaute. Meist war er auch nicht so gut gelaunt, war schweigsam und nahm wortkarg sein Abendessen zu sich.

Seine Mutter bereitete jeden Tag ein warmes Essen vor. Gemeinsam saßen sie dann am Tisch, und er musste immer warten, nachdem sie seinem Vater das größte Stück Fleisch auf seinen Teller gelegt hatte, dass er auch, aber ein kleineres, von ihr erhielt. Die Mutter betonte dazu, wer schwer arbeitete, musste auch gut essen.

Seltsam erschien für ihn die sich häufig ändernde Gemütsstimmung seines Vaters. Einmal sehr mürrisch, aber dann auch überraschend wieder freundlich und auch lachend.

Er dachte so daran, dass seine Oma ihm erzählt hatte, dass er abends vor dem Einschlafen immer zum lieben Gott, wie sie ihn nannte, beten solle. Denn dieser sehe alles, da er aus dem Himmel auf die Erde schaue, und könne einem dann auch mitteilen, was gut oder böse sei. Ob man eins von beiden getan habe.

So hatte er den Gedanken, doch genau zu beobachten, wenn er etwas Schlechtes getan hatte, ob dann sein Vater auch, abends zuhause, schlechte Laune hätte.

Tatsächlich, es traf auch so zu!

Nun nahm er sich vor, zu versuchen, nichts Böses zu tun. Nicht böse zu seiner Mutter zu sein, sein kleines Schwesterchen nicht zu schlagen und auch mit seinen Freunden keine schlechten Streiche zu machen.

Jedes Mal, wenn sein Papa in guter Laune war, ging er nah an ihn heran. Oft hatte er ein Bilderbuch bei sich, woraus dieser ihm die Tiere zeigen, erklären sollte. Doch er war damit meist nicht zu begeistern. Er sei eben von der Arbeit sehr abgekämpft, meinte er.

Doch was er dabei immer so empfand, war, dass sein Vater bei guter Laune einen eigenartigen Geruch von sich gab. Meist vermischt mit dem Tabakgeruch, denn er war starker Raucher.

Er fragte seine Mutter danach, und diese sagte, auf ihn beruhigend einwirkend, dass sein Vater so ab und zu sein Bierchen brauche.

»Ist das denn dunkles oder helles Bier?«, fragte er.

Das wusste sie nicht so genau. Im Kindergarten, den er jetzt schon besuchte, hatte ihm eine Erzieherin erklärt, dass das dunkle Bier sehr gesund und kräftigend sei. Nun bat er seine Oma darum, dass sie ihm doch immer wieder dunkles Bier kaufen sollte. Sie erfüllte ihm sehr gerne seinen Wunsch, da ihr sehr daran gelegen war, dass er kräftig und gesund bleiben sollte.

Es vergingen nun so die weiteren Jahre. Aus ihm wurde ein lernfreudiges Schulkind.

Dann wurde er einmal des Nachts aus seinem tiefen, ihn aufbauenden Schlaf gerissen. Ein lautes Geräusch wie ein Pistolenschuss muss wohl die Ursache gewesen sein.

Er spürte eine sich verbreitende Kälte an seinen Beinen. Stand deswegen auf, um sich bei seiner Mama an ihren weichen, warmen Körper zu kuscheln. Dabei bemerkte er, dass in der Wohnstube noch das Licht an war.

Er schaute in das Zimmer hinein und erblickte seinen Vater. Dieser lag rücklings in der Sofaecke. Nur bekleidet in seiner Unterwäsche. Starrte auf die Deckenlampe und lallte etwas Unverständliches vor sich hin. Seine Haare waren in einem zerzausten Zustand. Er wirkte so absonderlich auf ihn. Auch sah er, dass dessen Fingerspitzen eine braungelbliche Farbtönung hatten.

Ja, und überraschend, aber auch angstauslösend für ihn, lag seine Mama ganz dicht, einen seiner Arme festhaltend, neben ihm.

Sein Papa redete in einem fort. Doch für ihn alles nicht verständlich. So einige Wortfetzen nahm er auf, wie Dreck, Arbeit, Ausbeuten, Aufblühen, Schweben oder so Ähnliches.

Seine Mutter, bekleidet in ihrem Nachtgewand, sah aber für ihn nicht traurig, sondern mehr frohgemut aus. Sie gluckste, erinnernd an Tauben, dass beide davonschweben würden, für ewig miteinander eins seien.

Er sah noch, dass etwas Weißpulvriges, ein für ihn unbekannter Gegenstand und ein Hosengürtel verstreut auf der Couch und dem Tisch lagen.

Dann ging er, die Müdigkeit machte sich bei ihm breit, zu dem Bett seiner Eltern. Legte sich dort auf den Schlafplatz seiner Mutter. Deckte sich zu. Schlief ein. Er spürte unter der Bettdecke noch ein wenig die Körperwärme von ihr.

Als er in der Frühe erwachte, wurde er überrascht, denn seine Mama lag neben ihm und schlief noch ganz fest. Ihm kam das Gesehene der Nacht in den Sinn, und es fiel ihm schwer zu unterscheiden, ob es nun tatsächlich geschehen war oder er es geträumt hatte.

Er dachte dabei an den lieben Gott, von dem

seine Oma immer wieder erzählte, gelobte diesem dann, dass er tagsüber ein braver Junge sein wollte.

In den Abendstunden, als sein Papa nach Hause kam, brachte dieser ihm zu seiner Überraschung ein Marzipanküchlein, das er so gerne mochte, mit. Er war in recht guter Stimmung. Sein Papa hatte außerdem noch eine Packung Zigaretten und dieses fein verpackte weiße Pulver dabei.

Die Mutter hatte ein leckeres, warmes Essen zubereitet und alle saßen, gut gelaunt, rund um den Abendbrottisch. Sein kleines Schwesterlein versuchte schon selbstständig mit einem Teelöffel die Essensstückchen in ihr süßes Mündlein zu schieben. Nicht immer gelang dies, und alle lachten.

Doch dieses Pulver. Was war es nun? Zucker, Salz oder Mehl konnte es nicht sein. Er traute sich auch nicht, danach zu fragen. Zu groß war bei ihm die Angst, dass sein Vater ein böses Gesicht machte.

Es blieb somit ein Geheimnis für ihn.

Dann, nach einiger Zeit, wurde er wieder durch laute Geräusche in der Wohnung aus seinem Schlaf geweckt. Er kroch wiederum aus seinem Bett. Dann sah er etwas sehr Erschreckendes:

Sein Vater hatte seine Mutter an den Haaren gepackt. Schrie auf sie ein, dass sie ein Drecksweib sei, dass er sie abstechen und verbrennen werde und noch einiges Verbale mehr.

Auch sah er, dass ein Messer auf dem Tisch lag.

Seine Mutter schluchzte und jammerte, und er meinte zu hören, dass sie sanftmütig auf ihn einredete, dass er doch ihr Liebster sei, dass sie doch zusammengehörten und für immer sich liebten.

Es überkam ihn eine große Angst. Sein Papa sah aus wie dieses Drachenungeheuer, gezeichnet in einem Märchenbuch.

Schnell ging er zu dem Bett seiner Schwester, die sehr fest schlief, legte sich neben sie und fand auch wieder zu seinem Schlaf.

Tagsüber, in der Schule, schlug er der Deutschlehrerin vor, dass sie doch mal ihnen das Märchen mit dem bösen Drachen vorlesen solle. Diese ging darauf ein, und er merkte sich, dass der Drache zum Schluss von dem Helden besiegt wurde.

Zuhause schaute er immer wieder nach seiner Mutter und erzählte ihr, dass alles gut werden würde, da das Ungeheuer besiegt werde. Seine Mutter verstand ihn nicht so richtig. Er hüpfte dann zu seiner Schwester und schleckte dieser wiederum ihre Fingerchen ab. Sie hatte dieses sehr gerne und patschte immer wieder nach ihm.

Seiner Oma erzählte er, dass die Drachen nicht ausgestorben seien. Die gebe es noch. Ja, ja, erwiderte diese, das seien sie, diese Teufel.

Doch was dann immer wieder des Nachts passierte, bereitete ihm große Angst, und er betete zu Jesus, dass dieser es wegnehmen solle. Er werde auch immer brav bleiben.

Dann wurde er einige Zeit später zufällig Zuhörender eines Streites zwischen seinem Vater und einem Bruder von ihm, wie dieser den Mann nannte. Es ging dabei in einem rauen Ton zu. Er vernahm gegen seinen Vater gerichtete Worte:

»Du verruchter Junkie schuldest mir noch die Knete für deinen letzten Trip, den du von mir erhalten hast. Ich besorg dir das Pulver, damit du mit deiner Tussi in den siebten Himmel, ins Paradies flattern kannst. Ohne mich würdest du wie ein Verdurstender in der Wüste eingehen, verdorren wie eine Primel. Bis nächstes Wochenende will ich die Kohle haben. Wenn nicht, dann werden meine Jungs dir mal schön deine Bude aufräumen«, so drohte dieser Bruder.

Er floh, da es ihn gruselte, zu seiner Mutter. Sagte ihr, innerlich sehr aufgewühlt, dass ein böser Mann bei dem Papa sei. Er wolle von ihm Geld. Papa solle ihm das Geld für die Besorgung des weißen Pulvers rausrücken. Was meinte der Böse damit, mit diesem Wort »Stoff«?

Sie ließen sich dann gemeinsam am Tisch nieder, und seine Mutter lächelte etwas verlegen und sprach: »Dein Papa ist eigentlich von Natur aus ein fröhlicher, aber auch sehr gescheiter Mensch, wenn du das begreifst.« Fortführend sagte sie, sie sei aber darüber sehr unglücklich, da er dieses anderen nicht so zeigen und auch ausleben könne.

»Da seine Eltern es auch versäumt hatten oder auch nicht konnten, ihn während seiner Kindheit auf eine richtige Schule zu schicken, konnte er auch keinen Beruf, einen, der ihm vorschwebte, erlernen. Nun muss er notgedrungen, um Geld für uns zu verdienen, als Ungelernter schuften. Meist als Handlanger bei den Bauleuten. Muss schweißtreibend Steine, angemachten Zement und anderes, um Häuser zu errichten, den ganzen Tag heranschleppen. Das macht ihn so kaputt. Dazu, wie er mir sagte, macht er sich auch nicht so gerne seine schlanken Hände schmutzig. Auch sein Gesicht soll sauber bleiben, weil früher seine Schwestern immer betont hätten, dass er schön aussehe. Er hat ein hohes Wissen. Interessiert sich für vieles mehr, mit dem aber keiner seiner Arbeitskumpel was anfangen kann. Die quatschten nur über Fußball, Saufen und die Liebe in ihrem Sinne.«

Um das alles zu ertragen, erzählte seine Mutter weiter, nehme sein Vater diesen weißen Stoff zu sich. »Er kann damit seine trüben, traurigen Gefühle löschen und in eine glücklich erscheinende, andere Welt eintauchen.« Dann ergänzte sie noch, dass er dieses Pulver, dieses Koks, wie sie es nannte, immer wieder benötige, und das hat nur dieser böse Mensch, dieser Dealer, zu verkaufen. Das Wort hörte er nun zum ersten Mal.

Doch kam ihm in Erinnerung, dass in der Stadtmitte, auf den Kirchenstufen, junge Leute saßen oder auch dort lagen. Immer wieder fragten sie die Vorbeigehenden, ob sie nicht etwas Geld für sie übrighätten. Diese Jugendlichen sahen meist auch so berauscht aus, ähnlich wie sein Papa.

Weiter im Gespräch meinte er plötzlich, etwas verwirrend für seine Mutter, dass der Papa ein Drache sei.

»Weshalb denn das?«, kam es zurück.

»Weil er dich ganz brutal bei den Haaren gefasst hatte. Das habe ich einmal nachts miterlebt. Deswegen ist er ein Ungeheuer. Denn meine Lehrerin sagte dazu, dass diese Scheusale dann immer von den Guten, Starken getötet worden seien. Auch die Oma sagt, dass der Teufel wie ein Drache aussehe. Du musst ihn auch umbringen oder wenigstens für immer von ihm fortgehen.«

»Nein«, antwortete sie, sogar recht konsequent. Sie bleibe bei ihm, denn sie habe ihn lieb. Er sei auch meist kein Ungeheuer. Sie sei die einzige, die ihn noch verstehe. »Er braucht dazu nicht nur mich, sondern euch, dich und deine Schwester.«

»Er könnte dich aber auffressen«, meinte er zu ihr.

An den folgenden Tagen, abends, suchte er immer die Nähe seines Vaters. Legte ihm immer wieder die Comics, die er so gerne las, vor. Seinem Vater gefiel das anscheinend, und sie unterhielten sich ausgiebig über seine an ihn gestellten Fragen und Äußerungen. Sein Papa wusste sehr viel für ihn Interessantes zu erzählen. Seine kleine Schwester, die hinzukam, kitzelte beide ständig und lachte dazu herzhaft. Ihm gab das alles so ein Gefühl, geborgen zu sein. Nur etwas kam immer wieder auf. Sein Papa hatte einen rauchigen Körpergeruch. Seine Augen hatten so schmale, wässrig erscheinende Pupillen. Seine Oma sagte immer, dass der Teufel so schmale, böse Augen habe, dachte er dabei.

So lief die Zeit weiter fort.

Seine Eltern blieben weiterhin zusammen. Er wuchs, gleich seiner Schwester, heran. Bestand die Abschlussprüfung an seiner Schule und hatte nun die Mittlere Reife.

Er fand weiterhin, wenn er des Nachts aufwachte und nachschaute, meist seinen Vater im berauschten Zustand auf dem Sofa liegend vor. Seine Mutter, fürsorglich wirkend, hatte sich neben ihm niedergelegt. Meist nur mit Wenigem bekleidet, sodass ihr Busen unbedeckt abstand. Überraschend nun für ihn, meinte er zu erkennen, dass sie sich wie sein Papa, euphorisch in ihren Lauten, in einem berauschten Zustand befand. Auch in der täglichen Versorgung der Familie hatte sie sich verändert. Sie kochte und bereitete nicht mehr regelmäßig das Essen vor. Die Wohnung blieb häufig in einem unordentlichen Zustand. Das Wäschewaschen, das Einkaufen fiel ihr immer schwerer. Vieles von dem konnte schon von seiner Schwester erledigt werden. Er selbst half ihr auch dabei.

Beide, Mama und Papa, gingen mehrmals in der Woche abends weg, kamen dann etwas unsicher auf ihren Füßen, mit seltsam glasigem Blick in ihren Augen, spät nachts nach Hause. Legten sich sogleich zum Schlafen hin.

Er begann seine Berufsausbildung. Diese verlangte von ihm, früh aufstehen zu müssen, um pünktlich bei der Arbeit zu erscheinen. Durchweg um sieben Uhr am Morgen. Er hatte sich entschieden, technischer Zeichner zu werden. Die Bewältigung mentaler und manueller Ansprüche verlangte ihm vieles ab. Auch seine Vorgesetzten und Kollegen traten meist mit einem autoritär, schroffen Ton ihm gegenüber auf. All das war für ihn nicht leicht zu ertragen. Er hätte gerne etwas Zuneigung und Anerkennung von diesen gewünscht. Dann auch in der Berufsschule, mit der zahlenmäßig an Lehrlingen überfüllten Klasse. Meist mit Lehrern, die ohne Rücksicht, ob die Schüler den Lehrstoff auch verstanden hatten, den Unterricht runterspulten. Häufig Tests anordneten und bei schlechtem Ergebnis ihren Schülern verordneten, dass die Klassenarbeiten den Eltern und auch Ausbildern zur Unterschrift vorgelegt werden mussten. Meist hatte er auch schlechte Beurteilungen erhalten. Sein Vater fand aber deswegen nie ein böses Wort gegen ihn. Nur sein Meister betonte immer wieder, er sei halt ein fauler Typ.

Trotz alledem kam in ihm sowas wie ein Gefühl der Hoffnung auf, als er ein gleichaltriges Mädchen kennenlernte. Beide fühlten eine Sympathie zueinander und trafen sich ab und zu, zum näheren Kennenlernen, in einem Bistro. Er meinte, so etwas wie Liebe in sich zu spüren. Doch was dies sein könnte, das hatte er nur in den Filmen, die er sich häufig anschaute, mitgeteilt bekommen.

Ganz zufällig wurde er einmal Zeuge, als sich das Mädchen mit einem schon älter aussehenden Mann an dessen Auto traf. Sie gaben sich zur Begrüßung sanft einen Kuss. In ihm kamen nun Zweifel auf. Er kletterte auf einen hohen Baum, von dem er in das Zimmer des Mädchens schauen konnte.

Bei ihrer nächsten Begegnung brachte er dieses alles zur Sprache. Sie antwortete, recht sachlich, dass sie einen Freund suche, der gut sozial und finanziell abgesichert sei. Ihm fiel dabei sein Vater ein, der trotz schwerer Arbeit wenig an Lohn erhielt. Dazu immer wieder für seinen Stoff, die Zigaretten und auch den Alkohol davon noch einen Betrag für sich behielt. Wegen dieser geringen Einnahmen hatte seine Mutter vor, eine bezahlte Arbeit zu finden. Er hatte ihr immer davon abgeraten und gab ihr den größten Teil seines Verdienstes ab. Seine Mama, davon war er überzeugt, sollte nur für ihn, die Familie da sein.

Die Freundschaft mit seiner ersten gefühlten Liebe entwickelte sich nicht mehr weiter. Trotz all dieser Sorgen versuchte er, sein Berufsziel zu erreichen.

Dann, es war in der Winterzeit, als er nach Hause kam, war seine Mutter wie sonst gewohnt noch nicht da. Es war kein Essen zubereitet. Die Wohnung befand sich auch in einem unordentlichen Zustand. Seine Schwester, jetzt schon zu einer jungen Frau werdend, ging nun daran, doch noch mit einem Abendbrot den Tisch zu decken. Sein Vater kam von der Arbeit und berichtete, er habe sich den ganzen Tag darüber geekelt, dass er eine sehr schmutzige Arbeit verrichten musste. Er sei am ganzen Körper verdreckt und habe das Bedürfnis, erst Mal ein warmes Bad zu nehmen.

Sie aßen dann gemeinsam beisammen. Seine Schwester räumte danach den Tisch ab und schuf etwas Ordnung in der Wohnstätte.

Ihre Mutter, auch schon zur fortgeschrittenen Abendzeit, blieb weiterhin aus. Als es auf Mitternacht zuging und alle voller Sorgen waren, wo denn nun ihre Mama sein konnte, fragte seine Schwester telefonisch bei der Polizeistation nach ihr. Der diensthabende Wachmann ging alle vor ihm liegenden Meldungen durch. Fand aber nichts über ihre Mutter. Falls er eine Nachricht über sie erhalte, werde er sich melden, versicherte er ihr.

Danach gingen alle zur Nachtruhe. Am Morgen war die Mutter noch immer nicht da. Besorgt und eine Traurigkeit in sich verspürend, fuhr er zur Arbeit. In deren Verlauf erhielt er von einem Kollegen die Nachricht, sich umgehend auf der Polizeiwache zu melden. Sein Vorgesetzter meinte dazu ironisch, was er denn nun schon wieder verbrochen hätte.

Bei der Polizei angekommen, waren auch schon seine Schwester und der Vater anwesend. Der Diensthabende nahm sie in Empfang und las ihnen, in einem amtlich klingenden Satzgefüge die Mitteilung vor, dass man die Mutter am Stauwehr des nahen Flusses entdeckt habe. Es herrschte dabei eine merkwürdige Atmosphäre. Dann fragte sein Vater, wo er seine Frau denn abholen könne.

Der Polizist schaute etwas bedrückt an ihm vorbei, meinte dann kurz, er könne sie nicht abholen, aber doch besuchen.

Ja, und wo, fragte seine Schwester. Im Leichenhaus, kam die kurze teilnahmslose Antwort.

Dann sagte keiner mehr etwas. Der grauen Winterwolken schaute in die Wachstube herein.

Die drei fuhren dann heim.

Einige Tage später war in der Lokalzeitung zu lesen, dass man eine Ertrunkene gefunden hatte, die ortsbekannt zu dem Kreis der Drogensüchtigen gehörte. Sie musste sich wohl einen, wie es beschrieben wurde, goldenen Schuss gesetzt haben.

Seine Mutter wurde dann in einer Friedhofskapelle aufbewahrt. Er ging dort hin. Er wollte seiner Mutter noch etwas sagen. Zufällig traf er den Friedhofswärter dort an. Dieser kam auch seinem Wunsch nach, ihm Einlass zu gestatten, damit er seine Mama noch einmal sehen konnte. Er trat ein. Da lag sie nun in dem offenen Sarg. Man hatte sie in Weiß, auch mit einem Kopftuch bedeckt, eingekleidet und ihre Hände, als wenn sie ein Gebet sprechen wollte, zusammengefaltet. Ihr Gesicht wirkte eigentlich für ihn noch sehr frisch aussehend. Es hatte nur so etwas Glattes, Steinernes an sich, wie eine Marmorplatte. Dann kamen ihm die Tränen, und er sprach zu ihr, dass sie sich bestimmt wiedersehen würden. Es gebe ein Wiedersehen.

Er blieb so eine halbe Stunde bei ihr. Dann kam der Wärter herein und meinte, dass er nun das Kapellentor abschließen müsse.

Dann sagte er den noch für ihn nicht ganz nachvollziehbaren Satz: »Deine Mutter will nun mit ihresgleichen zusammen sein. Sie ist über den Fluss in diese andere Welt der Hel hinübergewechselt.«

»Hel?«, fragte er verdutzt nach. »Sie meinen wohl ›hell‹?«

»Nein, nein, Hel«, kam es zurück. »Das ist eine Germanengöttin, im dunklen Reich der Toten. Man gelangt nur zu ihr über einen breiten Fluss.«

Er ging dann, etwas irritiert.

Zuhause saßen sie beisammen, seine Schwester schaute auf und meinte, irgendwann sähen sie ihre liebe Mama bestimmt wieder. Dafür sorge schon der Herrgott im Himmel. Doch ihre Augen füllten sich mit Tränen.

Ihr Vater schaute, etwas blass wirkend, hoch und sagte dann mit einem wie ins Leere gerichteten Blick: »Wiedersehen? Nie! Die holt niemand mehr zurück! Ich will euch eure Hoffnung nicht zerstören. Doch das, was nach dem Sterben bleibt, ist kein himmlisches Weiterleben, kein seelisches oder auch geistliches Weiterbestehen. Unser Tod ist eine materielle Umwandlung. Dieser Stoff verschwindet nicht. Nie! In den Elementen wird er weiterwirken. Vielleicht, wenn sich diese verbinden, wird etwas Formhaftes daraus entstehen. Was es sein wird? Kein Mensch kann es vorhersagen. Keiner!«

Es verblüffte ihn etwas, was sein Vater da von sich gegeben hatte. Doch er verstand damit auch, dass sein Vater ein Realist sein musste. Er hatte ihn für einen Träumer, Schwärmer, Spinner, Idealisten gehalten, der immer dem konkreten Dasein zu entfliehen versuchte.

Seine Mama begrub man dann. Aber eigenartig war, dass ihm der Verlust seiner Mutter keine tief anhaltende Trauer bereitete. Er spürte dies, verglich sich mit dem trauernden Dasein seiner Schwester. Dann kam ihm der Gedanke, dass er seine Trauer dadurch ablegen konnte, weil er sie, seine Mama, nochmals in dieser Kapelle besucht hatte. Dort hatte er sich voll ausweinen, ihr Lebewohl sagen können.

Er ging dann weiter seinem gewohnten Alltagsablauf nach.

Doch er fand nicht mehr zu seinem tiefen aufbauenden Nachtschlaf zurück. Im Weiteren wurde er nachts auch häufig wach. Schaute nach seinem

Vater. Meist traf er ihn nicht an. Ging dann auf den Balkon. Beim Runterschauen kam ein Schwindelgefühl mit der Angst abzustürzen in ihm hoch.

Zum Wochenende, jetzt im Winter, stand er sehr früh auf. Nahm seine Langlaufskier sowie etwas Proviant mit und fuhr in die verschneiten Berge. Die Wanderungen bekamen ihm gut. Sie stählten seinen Körper. Die eisige, frische Luft reinigte ihn innerlich.

Doch trotz seiner sportlichen Betätigung fühlte er in seiner rechten Leistengegend ein anhaltendes, schmerzhaftes Ziehen. Er ließ sich ärztlich untersuchen, und dort wurde ihm mitgeteilt, dass er eine Prostata- und auch Hodenverhärtung habe. Er suchte deswegen noch einen Spezialisten auf, und dieser diagnostizierte ihm, dass er nach dessen modernster Testmethode eine Krebsgeschwulst in der Prostata habe. Doch das könne man noch gut wegschneiden. Er sei auch Chirurg in einem Krankenhaus; er solle sich dort einweisen lassen.

Dieses Ergebnis zog ihm den Boden unter den Füßen weg. Immer wieder kam er ins Grübeln, schlief immer weniger. Meist schlief er nur noch für zwei, drei Stunden spät in der Nacht ein. Dazu spürte er überall in seinem Körper irgendwelche Schmerzen.

Er war ratlos, da er doch immer gesund gelebt,

nie geraucht, wenig Alkohol getrunken hatte. Er fragte seine Schwester, was er machen solle. Sie riet ihm, sich vertrauensvoll in die Hände der Ärzte zu begeben. Das wären die Experten. Die kannten sich am besten aus. Einfach sich fallen lassen. Die fingen einen schon auf, so redete sie ihm gut zu.

Er ging aber erstmal zu einem anderen Arzt. Berichtete diesem von seiner Schlaflosigkeit. Der meinte, er habe dagegen ein gut verträgliches Mittelchen. Ganz harmlos! Das helfe ihm bestimmt. Er befolgte dessen Rat und nahm nun jeden Abend diese Schlaftabletten ein. Er konnte gleich einschlafen. Doch eigenartig war, dass er am anderen Morgen das Gefühl hatte, gar nicht richtig geschlafen zu haben. Auch kam er sich keineswegs erholt und kraftvoll vor. Er fühlte sich, als wäre er gerädert worden.

Ihm kamen nun doch Bedenken, ob das wirklich eine harmlose, für ihn richtige Medizin sei. Er schaute, um sich näher zu informieren, im Internet nach. Ja, dann las er überraschend, dass er sich darauf eingelassen hatte, jeden Abend eine chemische Droge zu schlucken, die dazu abhängig mache und auch andere Organe schädige. Man könne dieses Mittel aber nicht so ohne Weiteres absetzen. Das müsse ausgeschlichen werden, und dies ginge nur mit fachlicher Anleitung.

Das Vertrauen zu seinem Arzt war nun dahin, zerstört.

Er setzte sich daraufhin zum Gespräch mit seinem Vater zusammen. Dieser betonte, dass er nur alleine, aus eigener Kraft, mit einem starken Selbstvertrauen und einer Portion Lebensfreude von diesen Rauschgiften runterkommen könne. Das klang für ihn seltsam, sodass er nachfragend ihm antwortete, warum er denn noch nicht von seinem Pulver heruntergekommen sei. Sein Vater sagte dann, etwas zögerlich, dass er zu schwach dazu sei, Angst vor dem leidvollen Entzug hätte und auch nichts Schönes in seinem Leben habe. Er staunte darüber, wie lebenserfahren sein Vater doch war. Dann erzählte dieser ihm noch, dass der Mensch natürlich, aber auch kulturell ausgerichtet nicht nur ein Bewusstsein habe. Auch komme etwas Unbewusstes, wie Triebe, Gefühle, Motivationen, hinzu, die jeden Einzelnen prägten. Etwas vorwurfsvoll erwiderte er ihm, warum er denn bei all seiner Weisheit nur Handlanger geblieben war. »Unsere Mama wollte auch immer ein besseres Leben.«

»Ja, das war wohl die Ursache«, gab sein Vater zurück, »weshalb ich immer ein Suchender geblieben bin.«

Er versuchte nun, sich alleine von diesem Schlafmittel zu lösen. Schabte die einzelnen Pillen etwas ab oder zerteilte sie in kleinere Stücke. Doch deren Wirkungen blieben immer vollständig erhalten. Es half alles nichts. Er musste sie komplett absetzen. Den qualvollen Weg des Entzugs gehen. Machte Atem-, Entspannungs- und Sportübungen. Diese Zeit war die Hölle für ihn. Doch eine eiskalte, alles erstarren wollende. Vor allem, weil sich morgens schon die Angst breitmachte, ob er die nächste Nacht wieder schlaflos verbringen musste. Auch hatte er keinen, der ihn vertrauensvoll auf diesem Wege hätte begleiten können. Sein Vater verstand ihn zwar, doch blieb er weiterhin bei seinem glückserfüllenden weißen Pulver.

Seine Schwester war flügge geworden und lebte nun mit ihrem Freund gemeinsam in einer Wohnung. Er meinte immer, wenn er sie sah, dass sie doch viel Ähnlichkeit mit der Mutter hatte.

Es verging so für ihn eine schmerzhafte Zeit. Doch mit der, in seinem Inneren verspürenden Wärme kam auch sein Schlaf zurück. Die immer wieder auftretenden Körperschmerzen schmolzen dahin. Auch für ihn glücklicherweise, diese Unterleibsschmerzen. Er wagte es auch, wieder mehr schweißtreibenden Sport zu machen. Bestand dann weiter seine Abschlussprüfung in seinem Lehrberuf. Konnte sogar, da er einen einfühlsamen Chef hatte, in der Firma weiterarbeiten. Sicher, dieser verfolgte auch planend seine selbstverwirklichenden Interessen. Wobei er doch häufig betonte, dieses liberal Freiheitliche, das es gebe, sei das beste Mittel, um sich als Unternehmer, als Mensch entfalten zu können. Klar gebe es auch welche, die dies nicht schafften. Und wie er sich auszudrücken pflegte, »den Bach runtergingen«. Doch das gebe es in der Natur auch, und wer sich nicht gut anpassen könne, der müsse verschwinden.

Na ja, kam ihm der Einwand, was war aber mit den Abermillionen, welche noch nicht mal genügend zum Essen hatten? Er zweifelte daran, ob man überhaupt eine verbindende Brücke zwischen natürlicher Anpassung und menschlicher Selbstverwirklichung errichten konnte. Doch ihn berührte das im Moment nicht so sehr, da er ja nun eine sichere und auch für ihn interessante Arbeit hatte. Sein Chef machte ihm weiter den Vorschlag, da er seinen Betrieb auf elektronische Datenverarbeitung umstellen wollte, dass er zur Qualifizierung sich entsprechend weiterbilden sollte.

Er nahm das Angebot an und war nun zuständig für den digitalen Ablauf des Produktionsprozesses in der Firma. Diese Tätigkeit lag ihm sehr. Sie verlangte hohe Fachkenntnisse. Er konnte diese umsetzen. Musste logisch denken und brauchte nicht allzu häufig reden. Das Sprechen lag ihm nicht so. Wie oft hatte er schon Angst davor gehabt, ein Referat, einen Bericht mündlich vortragen zu müssen.

Bei seinem jetzigen guten Verdienst zog er aus der Wohnung des Vaters. Mietete sich eine andere. Dann machte er auch, über das Internet, eine Bekanntschaft mit einer Frau. Sie verstanden sich beide sehr gut. Schworen sich im Kerzenschein und bei einer Flasche Rotwein ewige Treue. Ließen nicht voneinander ab. Meist sah man sie, ganz eng miteinander und Hände haltend zusammensitzen. Bauten eine Familie auf, mit zwei Kindern, einem Buben und einem Mädel.

Die Kleinen strengten schon an. Brachten aber auch in ihrem Wesen eine hoffnungsvolle Zukunft hervor.

Er ging ab und zu auf den Friedhof, zu seinen Eltern.

Nichts! Nur die Erde lugte hervor. Womöglich wollte sie ihm doch etwas mitteilen.

Nachtrag

Die Erzählung »In Gleichheit vereint« wurde im Mai 1992 begonnen und im März 2019 vollendet.

Die Erzählung »Nur der Steuermann sieht das Kielwasser« wurde im Februar 1996 begonnen und im April 2018 vollendet.

Die Erzählung »Er wird es schenken! Er wird es lenken!« wurde im Juni 2014 begonnen und im März 2020 beendet.

Die Erzählung »Hinein in die Gegenwart« wurde im Oktober 2005 begonnen und im November 2020 beendet.

Weitere Veröffentlichung

VOM SEIN ZUM BEWUSSTSEIN
– VOM WISSEN ZUM DASEIN
Drei Erzählungen

Literareon im Utzverlag,
München 2020

ISBN 978-3-8316-2225-2
Taschenbuch, 74 Seiten

Manfred Chaluppa widmet sich in seinen drei Erzählungen zentralen Themen unserer Gesellschaft und zeichnet
deren Entwicklung und Dynamik auf luzide Weise nach.
Dabei erwartet den Leser jedoch kein trockenes Referat
harter Fakten. Vielmehr gelingt es dem Autor, gesell-
schaftliche, medizinische und technische Prozesse in
literarische Formen zu gießen und dem Leser einen al-
ternativen Blick auf die Welt anzubieten.